CONTES

D'AMOUR

PAR

ALEXANDRE WEILL

PARIS

E. DENTU, LIBRAIRE-ÉDITEUR

PALAIS-ROYAL, 13, GALERIE VITRÉE

1856

CONTES D'AMOUR

PARIS. — IMP. SIMON RAÇON ET COMP., RUE D'ERFURTH, 1.

C.

ALEXANDRE WEILL

CONTES

D'AMOUR

PARIS

E. DENTU, LIBRAIRE-EDITEUR

PALAIS-ROYAL, 13, GALERIE VITRÉE

Traduction et reproduction réservées.

1856

A MONSIEUR ÉDOUARD THIERRY

BIBLIOTHÉCAIRE A L'ARSENAL.

———

Je vous dédie ces contes, enfants chéris de mon imagination.

Je vous les dédie parce que, parmi les nombreux écrivains de talent que possède la France, vous avez toujours eu la conscience de la noblesse divine de l'homme de lettres; parce qu'en tout temps vous en avez maintenu la dignité et les droits.

Or, dans une époque où le dernier des sots enrichis jette la pierre aux lettres et aux hommes de lettres, il est bon de rappeler à ce troupeau de moutons de Panurge qu'on appelle le public que, de tous les rois, potentats, héros, diplomates et industriels brevetés, médaillés et décorés, l'homme de lettres seul, *digne de ce nom*, reste tel qu'il est ; que seul il crée à l'image de Dieu, et que partant, seul, il est immortel !

Si dans l'histoire il est des héros qui s'appellent Achille, Ajax et Ulysse, c'est qu'un homme de lettres divin, c'est qu'Homère leur a insufflé une partie de son âme. Si l'humanité, partie des bas-fonds de la barbarie, s'élève graduellement vers l'idéal de la fraternité, c'est que cet idéal a été arboré par Moïse, qui a dit : « Tu aimeras ton prochain comme toi-même. » S'il reste quelque chose des rois et des vainqueurs des temps passés, c'est un psaume, un proverbe, un mot, c'est-à-dire l'homme de lettres. Tout, dans ce désert humain qu'on appelle histoire, ou disparaît, ou se transforme, ou se déplace, excepté la pensée. Rien dans la vie n'est éternel. Le fait se défait, l'air de musique vieillit, le tableau pourrit, la statue se dégrade ; seule, la pensée reste debout ; seule, elle conserve sa jeunesse éternelle ; seule, elle partage avec Dieu le privilége d'anéantir l'espace et le temps ; seule enfin, elle est immortelle !

J'ai écrit quelque part que les évêques avaient créé la monarchie, mais que les hommes de lettres avaient fait la France. Vous m'avez dit qu'il y avait tout un livre à faire sur cette vérité ! Ce livre, cher ami, est tout fait. C'est l'histoire intellectuelle de la France. La monarchie, en effet, a disparu. De tous ces Louis, Henri et François, il en survit à peine un ou deux, soit par une pensée, soit par l'amitié vouée aux penseurs. Mais la France faite par les hommes de lettres restera toujours. Le monde se mettrait à l'envers sur son axe, et Corneille et Molière resteraient. Car jamais pensée, soit avant, soit après l'imprimerie, ne s'est perdue. Les livres perdus ne valent pas la peine d'être recherchés. Là, et nulle part ailleurs, est la France.

Des hommes de génie de notre siècle l'ont encore rajeunie, et si nous avons de braves soldats, c'est qu'ils ont été précédés par de braves poëtes. L'héroïsme n'est pas le père, mais le fils de la poésie, de même que l'art n'en est que le fidèle Caleb.

Si la Pologne avait eu un seul homme de lettres pareil à l'auteur du *Misanthrope*, jamais roi n'eût osé en proposer le partage.

Allez donc parler aux Allemands de François Ier et de Henri IV ! Mais parlez-leur de Corneille, de la Fontaine, de Molière; et vous vous trouverez en pays de connaissance. Que reste-t-il des créations d'Alexandre le Grand et de Charlemagne? Rien.

Mais de Bernardin de Saint-Pierre il restera toujours deux figures charmantes qui s'appellent Paul et Virginie.

Le tout, c'est d'avoir assez de souffle divin pour créer des êtres, qui d'abord vivent et qui après ne meurent pas.

J'ai dit que la pensée seule avait les attributs de Dieu. En effet, un chanteur, un acteur ne revit que dans l'âme de ses auditeurs, dont le nombre est forcément restreint. Une statue, un tableau ne peut être vu à la fois à Paris et au Chili. Mais une pensée de Pascal, un vers de Racine existe en même temps à Paris et au Spitzberg, et ne changera jamais ni de fond ni de forme. Plutarque, tel qu'il était, renaît dans l'âme de chacun de ses lecteurs; Shakspeare est notre père éternellement vivant à tous; Schiller a créé une Allemagne qui n'était pas avant lui, il a même créé pour les Français *Jeanne d'Arc* et *Marie Stuart*. Balzac nous a dit un jour aux Jardies qu'il avait créé la duchesse du faubourg Saint-Germain complétement disparue. Il disait vrai. Et si jamais il existe un Prince Juste, ce sera le mien, ce sera un autre moi-même.

Vous le voyez, je place mon but bien haut.

N'allez pourtant pas croire que j'aie la prétention de l'atteindre. Mais si je ne puis, sous aucun rapport, rivaliser avec les héros immortels de la pensée et de la poésie, du moins on me rendra tôt ou tard la justice que

je n'ai jamais manqué à la dignité des lettres
et que j'avance droit dans mon chemin du devoir et du travail sans m'inquiéter ni des
railleurs à ma droite ni des contempteurs à
ma gauche.

De tout temps je me suis senti trop petit
pour me courber et trop grand pour me his-
ser.

Je n'ai qu'une ambition. Celle de laisser
après moi une pensée, un conte, un mot,
quelque chose qui dise : Il fut.

Vous, cher ami, sans m'avoir connu, vous
m'avez soutenu dans cette voie. Aussi vous
ai-je voué une amitié éternelle.

Ce mot dans ma bouche n'est pas une vaine
flatterie. Je n'ai jamais servi ni un homme
ni un parti. Ma pensée a toujours été libre. Je
n'ai jamais rien demandé à aucun gouvernement et jamais je n'ai envié ni le bonheur, ni
le pouvoir, ni la fortune des autres.

Mais toute ma vie j'ai brigué l'amitié des
hommes de talent et l'estime des hommes
de génie. Car, seul, l'homme de talent est le

gentilhomme de la création et, seul, l'homme de génie en est le roi.

Le reste n'est que plus ou moins poussière! Poussière de boue, poussière de diamant!

ALEXANDRE WEILL.

LE PRINCE JUSTE

LE PRINCE JUSTE

I

L'AVÉNEMENT

Du haut de la cathédrale les cloches sonnent à toute volée; sur les places publiques des bandes de musiciens mêlent leurs joyeuses fanfares aux hurras redoublés du peuple en habit de fête; des lampions de diverses couleurs s'allument par traînées électriques à chaque étage, et montrent au loin la beauté resplendissante des vierges et des jeunes femmes, qui, penchées aux croisées, agi-

tent leurs têtes roses et leurs mouchoirs blancs
en signe d'allégresse ; le ciel lui-même, d'ordinaire rembruni de nuages, semble prendre part
à la fête universelle et témoigne sa joie par des
fusées d'étoiles filantes ; jusqu'aux chevaux et aux
chiens qui, par des hennissements et des aboie-
ments, font comprendre qu'amis des hommes ils
savent partager leur bonheur.

C'est l'avénement du prince Juste.

Son père, qui régnait depuis trente ans, vient
de mourir.

Depuis l'âge de sa majorité, le prince hérédi-
taire avait donné plus d'une preuve de sa grande
intelligence, de son noble cœur et surtout de son
esprit de justice digne du roi Salomon. Depuis
six ans il avait su modérer la sévérité, parfois
poussée à l'excès, du gouvernement de son père ;
plus d'un citoyen lésé dans ses intérêts, attaqué
dans son droit, avait trouvé satisfaction pleine et
entière, grâce à la persévérance du prince Juste.
Il devait ce surnom au peuple, dont il était devenu
l'idole. Il en était fier, et il s'était bien promis de
le justifier dans l'avenir et de le léguer à la postérité.

Aussi, dès que l'on apprit la gravité de la ma-

ladie du vieux roi, la ville entière, pour célébrer
d'une manière toute particulière l'avénement de
son bien-aimé prince, ne fut plus occupée que de
préparatifs de fêtes. Le jeune héritier en fut désolé,
car il chérissait son père; mais il ne put, quoi qu'il
fît, modérer l'ardeur de ses nombreux amis.

Et à peine le vieux roi avait-il rendu son âme
à Dieu, que de toutes parts s'élevèrent des arcs de
triomphe préparés à l'avance; des mâts aux ban-
derolles et aux flammes nationales se dressèrent
comme par enchantement dans tous les carrefours;
des flots de fidèles inondèrent les églises pour prier
Dieu d'accorder au prince Juste longue vie et
grande prospérité; la joie était dans tous les
cœurs, l'allégresse rayonnait sur toutes les figures.
Partout soldats, bourgeois et artisans, réunis dans
un seul sentiment d'enthousiasme, entonnèrent
des chants patriotiques, suivis de longs cris de :
Vive le roi! vive le prince Juste!

Pourtant, comme toute lumière a son ombre et
toute fortune son revers, il y avait dans ce moment
même, à deux pas de la porte principale de la
ville, une maison dont les habitants étaient plon-
gés dans une profonde douleur.

Cette maison, isolée dans une impasse, n'était

composée que d'un rez-de-chaussée, élevé sur une cave, et d'un grenier à fourrage. On y arrivait par une cour servant de boutique à des marchands de bric-à-brac, qui, tous les matins, y venaient étaler leurs marchandises jusque sur l'escalier à double perron, par lequel, à travers un vestibule et une cuisine, on pénétrait dans deux pièces carrées, donnant sur un petit jardin entouré de quatre murs, tapissés de haut en bas de lierre et de capucines.

Dans la première de ces pièces gisait, sur son lit de douleur, le vieux duc de Lusace, serrant dans sa main la main de sa fille Clélia, qui, depuis bien des jours et des nuits, n'avait pas quitté le chevet de son cher malade. A droite de Clélia, Robert, le fils aîné du duc, le bras appuyé sur le rebord du lit, regardait tour à tour son père et sa sœur, et derrière Robert, un beau jeune homme de vingt-sept ans, debout et la tête un peu courbée, attendait avec anxiété une réponse du malade, auquel il venait d'adresser la parole.

« Comte de Champ-d'or, dit le duc de Lusace d'une voix lente et étouffée, approchez et apprenez à admirer la bonté de Dieu. Vous me demandez la main de ma fille chérie Clélia. Savez-vous que je suis un pauvre exilé, un condamné à mort ?

— Je le sais depuis huit jours. Mon ami Robert m'a tout dit.

— Condamné à mort, reprit le duc, par votre propre père, ministre d'État.

— Par le roi qui vient de mourir, interrompit le comte, et dont mon père était l'instrument. Mais le règne de la justice va commencer. Entendez-vous ces cloches, ces fanfares, ces coups de canon ? C'est l'avénement du prince Juste et de sa sœur Blanche, car la princesse, veuve à l'âge de de vingt ans et déjà éprouvée par la douleur, a, dit-on, beaucoup d'influence sur son frère.

— Vous êtes un noble cœur, poursuivit le duc en se soulevant péniblement. Vous avez aimé ma Clélia quand elle n'était que la sœur du sculpteur Robert. On vous a dit depuis que le père de votre bien-aimée était un ennemi mortel de votre famille, de votre propre père ; qu'il avait été condamné à mort ; qu'on lui avait confisqué ses biens, jusqu'à son nom qui fut rayé du grand livre de la noblesse !... Vous avez appris que le vieux duc de Lusace se cachait depuis neuf mois dans la capitale où il vivait clandestinement du travail de ses enfants, au risque d'être livré au bourreau, et vous avez persisté dans votre choix. Mais, peut-être, croyez-vous réparer le mal que votre père m'a fait à moi et à mes enfants. Or apprenez qu'en me condamnant le ministre d'État du feu roi s'était strictement conformé à la sévérité de la loi. Oui, j'avais conspiré contre mon roi, et même contre mon pays; car, si j'avais réussi dans mes plans, un étranger régnerait peut-être à la place du prince Juste.

— Je sais tout cela, répondit Édouard de Champ-d'or.

— Et vous me demandez toujours la main de Clélia ?

— Renoncer à Clélia, répliqua le jeune homme, autant renoncer à la vie. Clélia est mon âme.

— Eh bien, reprit le duc, je vous l'accorde, mais à une condition. C'est que vous ne vous marierez que lorsque ma fille sera réintégrée dans ses titres et dans ses biens. La sœur de Robert ne donnera sa foi que sous son vrai nom de Clélia de Lusace. Comte de Champ d'or, les ducs de Lusace, vous le savez, portent un des plus beaux noms de notre pays; mais ce que vous ignorez peut-être, vous qui avez consenti à épouser une pauvre jeune fille, c'est que Clélia est la plus riche héritière du royaume. »

Puis, attirant vers lui sa fille, il poursuivit avec une animation fébrile.

« Moi seul je connais ma Clélia, moi seul, pendant de longues années d'exil et de malheur, j'ai appris à apprécier ses vertus.

« Ce n'est que parce que je sens ma fin que je consens à la marier. Car, si l'on donnait une couronne à la femme la plus belle et la plus vertueuse, c'est ma Clélia qui serait reine !

— Mon père ! dit Clélia de sa voix angélique et avec un léger accent de reproche.

— On ne flatte pas son enfant, reprit le duc en retombant sur le chevet de son lit, on ne flatte pas son enfant dans le moment où l'on paraît devant le Dieu de la vérité. Clélia, ma fille, tu es un ange, c'est ton père mourant qui te le dit. .

— C'est vrai, s'écria Robert, en déposant un chaste baiser sur le front de sa sœur, personne ne peut te voir sans t'aimer.

— Que de fois, reprit le père d'une voix mourante, que de fois en la regardant, en l'écoutant, me suis-je dit : « Si le prince Juste la connaissait ! ! ! »

— Vous me la refusez donc ! s'écria le comte. Alors vous emportez ma vie avec la vôtre.

1.

— Je vous ai donné mon consentement, répondit le vieux duc en mettant la main de Clélia dans celle du jeune homme. Seulement ma fille va de nouveau me promettre qu'elle ne sera à personne avant de s'appeler Clélia de Lusace.

— Je le promets, dit la jeune fille, en mouillant de larmes la figure de son père qu'elle couvrait de baisers.

— Maintenant, mes enfants, reprit le malade, le vieux duc de Lusace peut mourir. Il voit de meilleurs jours pour son pays, il confie son enfant chérie à un vrai gentilhomme, à un chrétien qui rend le bien pour le mal. Oui, Dieu est bon. J'espère en lui. Il me pardonnera mes fautes et me tiendra compte de mes bonnes intentions. J'ai grandement erré ; mais mes erreurs étaient nobles et désintéressées.

— Et vous les avez noblement expiées, ajouta Robert.

— Enfants ! s'écria le duc subitement, à genoux ! Priez ! Votre père va mourir. Priez pour son âme, pour son salut ! »

II

LA PRESTATION DE SERMENT

Quelques jours après l'avénement du prince, la salle des chevaliers du palais resplendissait de lumières. Là s'étaient réunis la noblesse, les représentants des *États*, les hauts fonctionnaires, les délégués de tous les corps de métier, pour prêter à leur prince bien-aimé le serment de foi et hommage. La cérémonie finie, le prince, du haut du trône, prononça l'allocution suivante ?

« Nobles chevaliers, et vous, représentants fidèles de mon peuple !

« Je ne vous ai pas seulement réunis ici pour recevoir votre serment, mais encore pour vous prêter le mien, que je fais solennellement à la face de Dieu, à la face du peuple !

« Moi, le roi, je ne suis que le représentant en

chair et en os de la loi suprême, de la justice
divine.

« Je jure que, tant que je régnerai, je n'aurai
d'autre mesure, d'autre poids, que cette justice
souveraine.

« Qu'aucune considération humaine ne m'empêchera de laisser libre cours à la loi qui protége
le faible contre le fort, le pauvre contre le riche,
qui n'admet d'autre inégalité que celle de la vertu
en face du vice et du bien à côté du mal. Il n'est
point donné à un mortel, commandât-il à toute
l'humanité, de faire et de récompenser toujours le
bien. Mais du moins il peut, au nom de la loi,
empêcher qu'on honore et que l'on glorifie le mal,
sous n'importe quel masque il se présente. Cela
suffit pour faire place aux hommes de bien !

« Chevaliers ! Bourgeois ! Artisans ! Paysans !

« Voilà bientôt dix années que, grâce à l'amour
de mon père, j'ai pu étudier les éléments de la
société. J'ai vu, à mon grand regret, combien il
était difficile aux représentants de la loi de faire
toujours le bien positif. Tout ce qu'ils peuvent
faire, c'est de poursuivre le mal et de ne jamais

le tolérer ni en haut ni en bas de la société ; car
la vertu ne fleurit que là où le vice, grâce à la
justice, est continuellement sarclé et arraché du
sol. Dieu seul dans sa toute-puissance frappe à la
fois sur le mal et fait faire le bien. Lui seul aussi
est toujours miséricordieux. Un roi, si puissant
qu'il soit, ne peut pardonner qu'à ses propres ennemis, mais jamais aux ennemis de la loi, fussent-
ils ses amis, ses frères, ses fils !

« Je me suis donc appliqué à être juste autant
qu'il est possible à un esprit humain et par consé-
quent faillible, et je m'engage formellement à ne
régner que par et pour la justice. Que celui d'entre
vous qui aura à me reprocher d'avoir violé cette loi,
vienne me le dire en face, et, sur mon honneur,
justice lui sera faite ! Le peuple vient de témoigner
sa joie par des acclamations réitérées. Je l'en remercie. Mais l'esprit du peuple est ondoyant et
changeant. Souvent il déclame le lendemain contre
ce que la veille il a acclamé. Parfois il condamne
sans jugement. Je ne lui demande pour l'avenir ni
enthousiasme, ni bruyantes manifestations; mais
justice, rien que justice. Qu'il ne me demande ni
son bonheur ni sa liberté. On est toujours l'artisan
de son propre bonheur, qui est *en dedans* et non

en dehors de l'homme, et l'on n'est jamais libre quand on est l'esclave de ses passions. Il n'est donné à aucun pouvoir humain de faire disparaître la misère, et jamais il n'empêchera les maladies et les grandes calamités, cette justice de Dieu. Mais que celui qui n'aura point la liberté de faire le bien à sa manière vienne se plaindre auprès de moi, et, je le répète, justice sera faite!

« Un dernier mot, mes amis.

« Les gouvernements ne sont pas institués pour s'occuper du bien-être matériel de chacun. Aucun pouvoir n'y pourrait suffire un seul jour. Les peuples n'ont établi des gouvernements, sous n'importe quelle forme, que dans le but de rendre justice à qui de droit. Aussi rappelez-vous tous que, pendant le temps que Dieu me fera la grâce de régner, tout fonctionnaire public qui se croira autre chose qu'un représentant de la loi sera mon mortel ennemi. C'est à ce titre seul de représentant de la justice que je reçois son serment de fidélité et d'hommage!

« Allez et répétez ces paroles à mon peuple! »

III

UN AMI

Peu à peu la foule qui encombrait la salle des chevaliers, après avoir défilé devant le prince pour lui baiser la main, s'écoula, et au bout d'un quart d'heure il n'y resta que le comte Édouard de Champ-d'or et le roi.

« Comte de Champ-d'or, dit le roi, je vous remercie de m'avoir attendu. Suivez-moi dans mon cabinet, j'ai à vous parler. »

Édouard s'inclina et suivit le prince.

« Mon auguste sœur m'a parlé de vous, dit le prince Juste, comme d'un gentilhomme accompli. Elle vante et votre grand cœur et votre esprit vaste et cultivé. J'ai besoin d'un secrétaire intime. Mon choix est tombé sur vous.

—Je suis extrêmement flatté, répondit le comte, et de la bonne opinion qu'a de moi la sœur de notre bien-aimé roi et de la préférence que Sa Majesté

m'accorde. Je n'ai rien fait encore pour mériter
cet insigne honneur ; mais j'espère le justifier,
sinon par mon talent, du moins par mon dévouement à toute épreuve.

— Le dévouement ne me suffira pas, repartit le
prince. Il me faut plus. Il me faut de la franchise.
Si je vous ai choisi, c'est que vous avez la réputation de m'avoir pris pour modèle et d'aspirer à être
juste pour vous comme pour les autres. Si je voulais des flatteurs, je n'en manquerais pas. Mais je
sais que, fussent-ils distingués par l'esprit, les flatteurs vivent aux dépens de leur idole, et souvent,
hélas! aux dépens du peuple. J'ai besoin d'un
homme qui non-seulement se surveille, mais qui
ose me surveiller contre moi-même. Car, tout juste
que je désire être, j'ai des passions, comme vous
allez voir. De ma nature je suis vif et emporté, et
ce n'est qu'à force de luttes et de combats avec
moi-même que je suis parvenu à être appelé le
prince Juste. Je dois ce nom à ma sœur, supérieure
par le sang-froid, par le calme de son esprit; esprit
qui, du premier coup d'œil, sait discerner le bien
du mal, le juste de l'injuste, et pourvoit aux petites
comme aux grandes choses.

— Je promets, répondit le comte, d'être aussi

franc avec Votre Majesté que je l'ai été jusqu'à présent avec tout le monde. Mais je ne puis promettre d'être meilleur qu'elle, car moi aussi j'ai des passions, j'aime et je hais.

— Tant mieux, reprit le prince en serrant la main d'Édouard. Nous aimerons le beau et le bien, et nous haïrons le laid et le mal. Mais ce n'est point tout encore, et j'exige de vous quelque chose de plus.

— Parlez! S'il m'est possible de vous l'accorder, je dirai oui. Sinon, non!

— Bien, comte. Vous me donnez tout de suite une preuve de votre franchise. Mais rassurez-vous. Il vous sera facile de m'accorder ce que je vous demande.

— En ce cas, c'est donné et de grand cœur!

— Je vous demande votre amitié. J'ai besoin d'un ami fidèle, discret, auquel je puisse confier et mes secrets d'État et mes secrets de cœur; car je ne puis pas tout dire à ma sœur, dont je crains la haute sagesse et l'absence de toute passion. N'est-ce pas, comte, on peut aimer une femme avec passion et être juste?

— Je le crois, répondit Édouard, car moi aussi j'aime et j'espère n'être jamais injuste.

— En ce cas, venez dans mes bras et soyons
amis! »

Le comte se précipita dans les bras du prince,
qui le serra contre son cœur. Puis, après avoir es-
suyé une larme d'attendrissement, il s'écria :

« Prince! que vous êtes bon! Que vous êtes
grand! et quel bonheur d'être votre ami! d'être
l'ami d'un grand roi!

— Voilà déjà que vous me flattez, répondit le
prince en souriant. Si d'ailleurs, poursuivit-il,
c'est un bonheur d'être l'ami d'un grand roi, il
n'est pas pour un monarque de plus pure félicité
que d'avoir pour amis des hommes grands de
cœur et justes d'esprit. Croyez-moi. Je suis aussi
heureux que vous. Et maintenant que nous avons
scellé notre amitié, car entre des hommes comme
nous une parole lie pour l'éternité, écoutez-moi.

« Depuis plus d'un an on me presse de me
marier. Votre père, le ministre d'État du feu roi,
est à la tête d'un parti qui veut me marier avec
une princesse du Midi. Ma sœur, moins orgueilleuse et plus exempte de préjugés, a jeté les yeux
sur une orpheline du Nord, réputée pour sa beauté
et sa piété. Des ambassadeurs de différents pays
me fatiguent de propositions plus brillantes les

unes que les autres. Je les ai toutes refusées jusqu'à ce jour, pendant le règne de mon père.

« Maintenant que je lui succède, on me pressera plus que jamais, sous prétexte qu'il faut un héritier à la couronne. Je n'ai qu'un moyen d'échapper à ces instances, il faut que je me marie! »

Ici le prince s'arrêta un instant.

« C'est aussi mon avis, répondit le comte.

— Mais un prince qui comme moi a la prétention d'être en tout juste, loyal et vrai, a-t-il le droit de mentir à son cœur, à sa femme, à son peuple?

— La question ainsi posée, répondit Édouard, est résolue d'avance. Non, sire!

— Je ne dois, je ne puis me marier qu'avec la femme que j'aime, poursuivit le prince, et cette femme...

— Cette femme? dit Édouard lentement.

— Cette femme, reprit le prince, je la connais à peine, je ne l'ai vue que trois ou quatre fois. Eh bien, qu'en pensez-vous? Vous vous taisez, vous allez me répondre que, malgré mes trente ans, j'agis et je parle comme un écolier.

— Moi, répondit Édouard, je n'ai nullement le droit de faire cette observation à Votre Majesté.

— Oui, mon ami, poursuivit le prince, qui s'a-
nimait à mesure qu'il parlait de sa passion, oui,
j'aime une jeune personne que j'ai vue un dimanche dans l'église et que depuis je n'ai revue que
deux ou trois fois sans lui avoir jamais adressé une
parole. Mais sa beauté séraphique, la noblesse de
ses traits, la simplicité de son port, la candeur de
son âme qui se reflète dans son regard bleu, tout
en elle me charme, m'enchante et m'enchaîne.
Sans la connaître, je suis sûr qu'elle est digne d'être
reine. Il me semble qu'elle porte une auréole en
guise de couronne sur son front. Malgré les cris de
ma noblesse, je suis décidé à épouser cette jeune
fille dont je ne sais la demeure que depuis que je
suis roi. Il faudrait que mon jugement portât grandement à faux pour m'être trompé sur elle !

— Et ne l'avez-vous jamais suivie, ni fait suivre? demanda Édouard.

— D'ordinaire, elle était accompagnée de son
frère. Aussi longtemps d'ailleurs que je n'étais
pas le maître de ma volonté, je n'ai pas voulu
compromettre ni effaroucher cette douce colombe,
et ce n'est que depuis huit jours... Mais voilà que
vous devenez pensif vous-même. Auriez-vous les
préjugés de votre père?

— Nullement, mon prince, répondit Édouard.

— Appelez-moi mon ami, dit celui-ci.

— Je vous admirais en silence, reprit le comte,
et je rends grâce à Dieu d'avoir été choisi pour
ami du meilleur des princes avec lequel tous mes
sentiments s'harmonisent et dont je partage les
principes et même les faiblesses. Car moi aussi je
suis à la veille de faire un mariage de cœur ; moi
aussi j'aime une jeune personne que j'ai distinguée
dans la foule. Sa beauté, sa grâce, la majesté de
sa démarche, et surtout son regard, que je n'ai jamais vu qu'à elle, m'avaient attiré, enchaîné à ses
pas, et comme Votre Majesté j'étais décidé à épouser une femme malgré sa pauvreté, lorsque, ô
bonheur ! j'ai appris que c'était la fille d'un gentilhomme exilé par votre père et qui était en in-
stance pour obtenir sa grâce. Ce pauvre père vient
de mourir, le jour même où vous avez eu le malheur de perdre le vôtre ; mais avant sa mort il a
uni nos mains, à condition que ma fiancée serait
d'abord réhabilitée dans ses titres et dans ses
biens J'ai accepté cette condition, et j'allais demander à Votre Majesté cette grâce, car le père a
bien expié sa faute, et ses enfants sont dignes de
servir le prince Juste.

— Je vous l'accorde d'avance, répondit le prince, je ne saurais vous la refuser, puisqu'elle est la condition de votre bonheur.

— Merci, sire! s'écria Édouard, en couvrant de baisers la main du prince. Oh! que ne puis-je faire répéter ce cri de mon cœur par tous les anges du ciel, car jamais bonheur ne fut plus complet. Je cours le lui annoncer.

— Bon! s'écria le prince. Vous êtes si heureux, que vous oubliez votre ami. Le meilleur des hommes est encore un égoïste.

— C'est vrai, répondit le comte, je suis un ingrat!

— Allez, dit le prince, et revenez ce soir. Un mot encore. Depuis que je règne, j'ai fait prendre des renseignements sur la personne que j'aime. Je sais sa demeure. Demain je saurai son nom et sa qualité. Mais, comme je désire être aimé pour moi-même, j'ai résolu de me présenter à elle sans faire connaître mon nom. De cette manière j'apprendrai si elle est vraiment digne de moi. Ce soir donc nous nous rendrons sous sa fenêtre. J'ai composé à cet effet un petit poëme, très-honnête d'ailleurs, qui ne la compromet nullement, une véritable demande en mariage que je lui réciterai en m'ac-

compagnant sur la guitare, absolument comme un
étudiant qui vient de quitter l'Université. J'ai
choisi ce jour parce que c'est un jour heureux. Et,
puisque j'ai trouvé l'amitié, l'amour ne se fera pas
attendre! Qu'en pensez-vous?

— Je vous admire.

— Vous m'accompagnerez. Je veux que vous
la voyiez, si c'est possible. Après, vous me con-
duirez chez votre fiancée, vous me présenterez en
qualité d'ami, et je verrai à mon tour si vous avez
bien choisi. Foi de gentilhomme, je vous dirai tout
ce que je pense d'elle, à condition que vous aurez
la même franchise à l'égard de celle que j'aime.
Ces sortes de promenades me charment, du reste;
le poids du pouvoir est lourd, et il n'est pas toujours amusant d'être juste. Jusqu'à présent la société de ma sœur m'a suffi, mais depuis quelque
temps elle est devenue sombre elle-même. Ce
n'est pourtant pas de chagrin d'avoir perdu son
vieux mari. Mon père l'avait forcée à ce mariage.
Elle était trop jeune pour avoir une volonté. Elle
n'a jamais aimé son mari. Eh bien, vous voilà
redevenu pensif? Viendrez-vous?

— Moi? Avec vous j'irais à l'enfer!

— A ce soir donc! Allez maintenant annoncer

votre bonheur à votre fiancée. En attendant, je vais mettre la dernière main à mon ouvrage. Devinez ce que j'ai fait le premier jour de mon avénement ? Des vers à ma bien-aimée.

— Heureux le prince qui n'a rien de plus important à faire ! s'écria Édouard. Heureux le peuple dont le roi peut s'adonner à ces loisirs !

— On compte tellement sur ma justice, répondit le prince, qu'on n'ose presque plus faire le mal. Adieu, mon ami. A ce soir ! »

IV

LA SÉRÉNADE

« Mon ami, dit le prince Juste au comte de Champ-d'or exact au rendez-vous, j'ai pensé à vous. La réhabilitation de la famille de votre bien-aimée est signée. Vous n'avez qu'à y mettre le nom, que j'ai laissé en blanc. Comment s'appelle-t-elle ?

— Clélia de Lusace.

— Comment ! c'est la fille du duc de Lusace, une des premières familles du royaume ! Ce pauvre duc ! Mon intention était toujours de le rappeler de l'exil ; car, entre nous, je crois que malgré ses torts, très-graves d'ailleurs, la conduite de votre père à son égard ne fut pas exempte de dureté et d'injustice. C'est bien à vous de réparer la faute de votre père, et c'est un vrai bonheur pour moi de concilier la justice avec l'amitié.

— Que vous êtes bon ! s'écria Édouard.

— Maintenant, veuillez me lire les vers que je viens de faire. J'ai bien appris à tourner un vers, surtout quand il exprime une pensée dont mon cœur déborde ; mais je ne sais ni les dire ni les chanter.

— Je les chanterai, répondit Édouard, j'ai une assez belle voix et je ne m'en acquitte pas mal pour l'accompagnement. Puis, prenant une guitare, le comte s'assit et improvisa un air mélodieux sur les paroles du prince.

— Vous êtes non-seulement un brave et fidèle chevalier, mais encore un bon musicien, ce qui n'est pas à dédaigner. Nous nous aimerons comme deux artistes qui se complètent l'un l'autre. Et maintenant partons. Un de mes fidèles serviteurs

2

nous suivra de loin. Personne au château ne sait où nous allons. »

A mesure qu'ils avançaient vers la porte de la ville, Édouard, qui d'abord fredonnait gaiement son air, devint de plus en plus silencieux; mais quand, après avoir franchi la porte, le prince s'engagea brusquement dans l'impasse qui conduisait à la maison de Clélia, le comte sentit tout son sang refluer vers le cœur et s'arrêta comme pétrifié. Puis, faisant un suprême effort, mais ne sachant quel parti prendre, il se laissa entraîner jusque dans la cour et s'affaissa sur une pierre en essuyant de grosses gouttes de sueur froide qui ruisselaient de son front

« Qu'avez-vous, mon ami? demanda le prince, vous êtes tout tremblant!

— En effet, répondit le comte, je me sens mal à mon aise. J'ai peur de ne pas retrouver ma voix, j'étouffe !

— Du courage! dit le prince, car il faut franchir un mur. On m'a dit que la jeune personne se tient ordinairement dans la pièce qui donne sur le jardin. D'ailleurs, la maison est éclairée comme pour une soirée. Il y a des lumières partout. Soyons prudents. »

En effet, Clélia attendait la visite de son fiancé et de son ami.

« La meilleure prudence, sire, serait peut-être de nous retirer, répondit Edouard. Vous m'avez dit que cette jeune personne avait un frère. Elle n'est pas seule.

— Et que m'importe le frère, s'écria le prince, puisque mes intentions sont pures? Je désire, au contraire, qu'il m'entende. Ce n'est, après tout, pas un crime que d'offrir ses hommages à une jeune fille libre, surtout si ces hommages partent d'un cœur droit !

— Je suis perdu, » pensa Édouard.

Puis, se levant, il dit : « Mon prince, plus je réfléchis, plus je doute de l'honnêteté de notre démarche. Pourquoi compromettre une jeune personne qui ne demanderait pas mieux que de vous écouter, s'il est vrai que vos intentions soient pures? Quelle est la femme qui refuserait de devenir l'épouse du prince Juste ? Si d'ailleurs la chose s'ébruite, votre réputation en souffrira. Si juste que vous soyez, vous avez des ennemis. Ils profiteront de cette aventure pour ternir votre gloire si pure et si brillante. Si vous voulez m'en croire, nous nous retirerons. La nuit porte conseil.

— Voyons, mon ami, répondit le prince, quoique vos observations viennent un peu tard, nous allons les peser. Certes, si demain j'allais demander en mariage cette jeune fille à son frère, il n'oserait me la refuser, même si elle en aimait un autre. Si donc je me présente en simple amoureux, c'est que je suis encore plus juste que vous ne pensez.

— Qu'importe, dit le comte, puisque selon vos informations la réputation de votre bien-aimée est intacte, qu'importe qu'elle éprouve ou non un sentiment doux pour un autre? elle le refoulera bien vite au fond de son cœur, elle oubliera bientôt l'homme de son choix à côté du prince Juste!

— Vous me flattez, comte; mais je vais être juste jusqu'au bout. Si cette jeune fille agrée mon hommage, cela prouvera que je suis le premier qui lui parle d'amour, sinon...

— Sinon? interrompit Édouard tout frémissant.

— Sinon, poursuivit le prince, je tâcherai de l'oublier.

— Que vous êtes grand! s'écria le jeune comte en lui sautant au cou.

— Mais qu'avez-vous donc?

— Je vous applaudis, je vous admire.

— Vous vous sentez donc mieux.

— Parfaitement bien.

— En avant donc !

— Je vois d'ici une petite porte, dit Édouard, qui doit conduire au jardin. Venez, suivez-moi. Nous voilà en face de la chambre sacrée, poursuivit-il en montrant une croisée fermée par des jalousies vertes à travers lesquelles filtraient quelques rayons de lumière. Donnez-moi la guitare. »

Puis, après quelques préludes, il se mit à chanter :

Le soir, sous ta fenêtre, un mendiant d'amour,
Déposant à tes pieds son épée et sa lyre,
Te demande à genoux l'aumône d'un sourire.

A cette voix deux ombres se dessinèrent derrière la jalousie. Édouard poursuivit :

Idéal de mon cœur, lumière de mon jour,
Un seul de tes regards ressuscite à la vie
Les rêves expirants de mon âme asservie.

Édouard, qui vit la jalousie trembler et s'entre-

2.

bailler, sentit fléchir ses genoux et s'interrompit brusquement.

Le prince, croyant à une nouvelle faiblesse. lui arracha la guitare et poursuivit tant bien que mal sur le même ton :

Ne crains pas de paraître au seuil de ta maison;
Ne crains pas de ternir l'or de ton diadème;
Je suis bon, je suis fort, je suis libre, et je t'aime!

Viens! et pour allier l'amour à la raison,
Fais bénir cette bague, emblème de ma chaîne,
Et sois jusqu'à la mort ce qu'est le lierre au chêne.

A cette nouvelle voix, la jalousie se referma brusquement.

Le prince, ému lui-même par son chant, répéta la dernière strophe, lorsque soudain la porte de derrière s'ouvrit et donna passage à un homme tenant d'une main un flambeau et de l'autre une épée.

« Est-ce toi, Édouard, s'écria-t-il. Réponds, car tout autre que toi ne sortira pas vivant de ce jardin !

— C'est moi, répondit le prince Juste, et je ne m'appelle pas Édouard.

— En ce cas, répondit Robert en jetant la lumière et poussant droit vers le prince, malheur à vous et en garde!

— Au nom du ciel! s'écria Édouard, qui accourut, c'est ton roi, Robert?

— Le prince Juste! s'exclama Robert en reculant, et c'est toi qui l'amènes ici!

— Sire, dit Édouard en tombant à genoux, pardonnez à votre ami de n'avoir pas osé vous dire la vérité. La femme que vous aimez est ma fiancée!

—Vous voyez maintenant, répondit le prince, que j'ai bien fait de ne pas me nommer, puisque mon stratagème m'épargne un crime et me conservera, j'espère, un ami. Levez-vous, comte de Champ-d'or, et vous, Robert de Lusace; je vous apporte la grâce de votre père et la réhabilitation de ses enfants. Allez prévenir votre sœur, duc de Lusace, que le prince Juste est venu pour la féliciter de son choix et de son bonheur! »

Robert baisa la main du roi et rentra dans la maison.

« Sire, s'écria Édouard, au nom de votre gloire,

au nom de mon bonheur, n'entrez pas dans cette maison.

— Comment, répondit le prince, vous osez douter de ma loyauté! Vous craignez donc un rival?

— Oh! sire, repartit Édouard, ce n'est pas vous que je crains, mais Clélia. Qui pourrait vous voir, vous entendre sans vous aimer?

— Vous m'aviez promis de me présenter à votre fiancée. Ce n'est pas en amoureux que je mettrai le pied sur le seuil de cette maison, mais en roi. Et puisque nos âmes se sont rencontrées dans les yeux d'une femme, tâchons d'être dignes l'un de l'autre; tâchez, comte, de rester le digne ami du prince Juste! »

Dans ce moment Clélia et Robert, précédés d'un domestique tenant un flambeau, parurent sur le seuil de la porte.

V

LE FRÈRE ET LA SŒUR

Le jour n'était pas encore éclos; une lampe prête à s'éteindre jetait par saccades de derniers flamboiements ; le prince Juste, qui n'avait pas dormi cette nuit, était assis sur un large fauteuil devant une Bible ouverte, la tête penchée sur sa poitrine, comme un homme affaissé par un grand chagrin ou par une grande fatigue.

Soudain la portière à laquelle le prince tournait le dos se releva, et une jeune femme dans un négligé élégant s'approcha à pas de loup et s'arrêta quelques secondes derrière le fauteuil, comme pour s'assurer si le prince était endormi ou seulement absorbé dans une profonde rêverie.

Puis, voyant l'immobilité du prince, elle posa sa blanche main sur son épaule en disant :

« C'est moi, mon ami ! »

Le prince Juste, comme un homme éveillé en sursaut, fit un bond ; puis, reconnaissant sa sœur, il dit :

« Tu m'as effrayé. Pourquoi es-tu levée de si grand matin ?

— Moi, répondit Blanche, je ne me suis pas couchée. Mais toi, mon pauvre ami, tu parais avoir passé une mauvaise nuit.

— Oui, murmura le prince, je crois avoir mal dormi.

— Tu l'aimes donc bien? dit Blanche en se penchant vers lui et en le baisant sur le front.

— Tu sais donc? demanda le prince.

— Tout, mon frère. Mes gens t'ont suivi hier au soir. Veiller sur mon frère chéri, c'est là mon occupation de prédilection.

— Eh bien, dit le prince, puisque tu sais tout, je t'avoue que j'ai vieilli de dix ans dans une seule nuit. Non pas que je me lamente d'avoir un rival plus heureux que moi, je ne suis point faible. Cette fois-ci encore, non-seulement je serai juste, mais je serai fort. Je l'oublierai, c'est-à-dire je m'oublierai, car son image était devenue un autre moi-même. Ce qui m'assombrit, ce qui me fait faire de tristes réflexions, c'est de voir qu'il est presque impossible d'être juste. Hier, j'étais heureux, car j'avais trouvé l'amitié et je me berçais du doux rêve de rencontrer l'amour. Une nuit a suffi pour m'enlever et l'ami et la bien-aimée! Si j'avais été injuste, j'aurais sacrifié l'amitié à l'amour. J'ai fait un effort sur moi-même, je suis resté le prince juste, mais cette justice m'enlève tout à la fois. Plus d'amitié et plus d'amour! Hélas! A quoi sert donc la justice!

— Pauvre ami! soupira Blanche.

— J'avais fait des rêves charmants, poursuivit le prince. D'abord, le jeune comte est un noble cœur. Il m'eût aidé à supporter le fardeau du pouvoir. J'aime l'amitié. Le comte d'ailleurs a mon âge, il partage en tout mes sentiments, et puis il est artiste, il chante à merveille. Quant à la jeune fille...

—La fille du duc de Lusace? interrompit Blanche.

— Eh bien, oui, reprit le prince, je ne m'étais pas trompé. J'avais deviné dans ses traits la noblesse de son cœur et même de sa naissance. Quand dans une femme la grâce s'allie à la beauté, cette femme est marquée du doigt de Dieu, et son passage sur cette terre laisse toujours des traces lumineuses. Après l'avoir vue, je l'ai aimée; après l'avoir entendue, je l'adore. Chacune de ses paroles est de la musique ; chacune de ses phrases, une idée resplendissante. On dirait de la musique coloriée, car tout ce qu'elle dit est non-seulement mélodieux d'expression, mais rayonnant d'esprit et de sagesse. Il est bien heureux, le comte de Champ-d'or, car à l'heure qu'il est il doit être loin d'ici avec elle ! Il m'a demandé la permission de s'éloigner du pays, et cette permission, je la lui ai donnée !

— Mais moi, je lui ai refusé la mienne, s'écria Blanche.

— Je ne te comprends pas, tu dis....

— Je dis que le comte de Champ-d'or n'est point parti !

— Et Clélia de Lusace ?

— Doit être chez elle dans l'hôtel de ses pères : car vous lui avez tout restitué.

— Ce n'était que justice. Mais explique-toi. Tu dis qu'ils ne sont pas partis! Et qui donc les aurait empêchés de quitter le pays, puisque moi, je leur avais donné mon autorisation?

— Moi, mon ami. A peine aviez vous quitté la maison, que le comte proposa à Clélia de fuir cette nuit-là même, car, disait-il, le prince vous aime et l'amour a des retours d'injustice.

« D'ailleurs, ajouta-t-il, je suis jaloux de lui, car il est plus grand, plus généreux que moi ; il mérite mieux que moi d'être aimé de Clélia. Fuyons, fuyons à l'instant même. En évitant la présence du prince, nous lui épargnerons peut-être un crime, nous lui conserverons sa gloire et son renom d'être juste partout et toujours. Le prince a le cœur assez haut pour nous savoir gré de cette fuite. »

« Clélia avait à peine consenti, qu'Édouard, de peur que son trésor ne lui échappât, n'eut même. pas la patience d'attendre la voiture que Robert était allé chercher. Il serra Clélia dans ses bras, la souleva, et, chargé de ce doux fardeau, il allait la cacher dans une maison voisine, lorsque, sur mes ordres, car je n'étais pas loin, ils furent arrêtés.

— Arrêtés ! s'écria le prince en bondissant de son siége, et sur tes ordres ! Je ne suis donc plus le maître ici ! Comment ! madame, poursuivit-il, vous faites arrêter des personnes libres parce qu'elles s'aiment et parce qu'elles ont peur d'une injustice ! Mais par cet acte arbitraire même vous justifiez les craintes et les soupçons du comte, qui me méprisera, qui aura le droit de me mépriser ! J'aurai donc menti en l'assurant de ma bonne foi et de mon amitié ! J'aurai joué devant lui et devant Clélia le rôle d'un fourbe, d'un rusé séducteur ! j'aurais manqué à ma parole, moi le prince Juste !... O ma sœur ! reprit-il après un moment de silence et en se laissant tomber sur un siége, mes chagrins d'hier ne sont rien vis-à-vis du chagrin cuisant que tu viens de me causer par excès d'amitié !

3

— Mon frère, s'écria la princesse en tombant à genoux, pardonne-moi. Il m'a été impossible de laisser partir le comte Édouard de Champ-d'or. J'en serais morte ! »

A ces mots, elle cacha sa belle figure sur les genoux du prince.

« Qu'entends-je ? dit le prince. Toi si calme, si forte. Toi, que je croyais au-dessus des passions. Toi, ma sœur !... »

Blanche ne répondit pas.

« Ah! poursuivit le prince, c'est toi qui m'as recommandé le comte, qui m'as prié de le prendre pour mon secrétaire. Je comprends...

— Oui, mon frère, c'était pour le voir plus souvent. Je l'aime !

— Tu aimes le comte Édouard de Champ-d'or ?

— Oui, mon frère, dit Blanche en se levant et en accablant le prince de marques de tendresse fraternelle. Oui, je l'aime autant que tu aimes mademoiselle de Lusace; car, tu as beau dire, tu l'aimes toujours. Tu as beau renoncer à elle, cette idée seule t'a cloué durant toute la nuit sur ton fauteuil où tu n'as pu trouver un instant de repos. Tu l'aimes encore plus depuis que tu sais qu'elle a promis sa foi au comte, que je n'aime pas moins

depuis que je connais sa passion pour Clélia. Tu es
un grand prince, tu as sacrifié ton cœur à ta raison, ton bonheur à ta gloire. C'est beau, c'est fort,
c'est sublime! On en parlera dans les siècles à
venir. Mais moi, qui ne suis qu'une femme, je
n'ai point d'engagement avec la postérité, et je
n'ai pas pu faire le sacrifice de moi-même. J'aime
le comte, je l'aime depuis que je sais ce que c'est
que l'amour, depuis que j'ai appris à connaître
mon cœur. Je n'ai point de grand nom à conserver. On ne m'appelle pas la princesse Juste,
mais la princesse Blanche tout court. Je veux être
heureuse, je le serai; je veux être aimée et je le
serai! .

— Malheureuse! s'écria le prince, tu oublies que
tu sacrifies à ton bonheur et ton frère, et Édouard,
et Clélia, trois âmes qui valent pour le moins
autant que la tienne.

— Ah, tu me calomnies, mon frère. Je veux
comme toi le bonheur de tous tes sujets. Mais
qu'ils me laissent le mien! Où serait le malheur
que le comte renonçât à Clélia et Clélia au comte!
Le prince Juste ne vaut-il pas le comte de Champ-
d'or? Si je l'aime, c'est qu'il a quelque ressem-
blance avec toi. Il est franc, il est loyal. Mais si

Clélia l'aime, c'est qu'elle ne te connaît pas.

— Mais crois-tu pouvoir lutter contre Clélia?

— Tu la crois incomparable parce que tu l'aimes. Oui, j'accepte le combat. Les hommes finissent toujours par aimer la femme qui les aime le plus. J'aimerai le comte, je l'aimerai beaucoup. Un jour il m'aimera un peu!

— Et tu comptes l'épouser?

— Je suis la sœur du prince Juste. Je n'aimerai jamais d'autre homme que mon mari.

— Et où est le comte?

— Au château. Il ne manque de rien. Laisse-lui seulement le temps de réfléchir.

— Va, ma sœur, dit le prince, va et laisse-moi seul. J'ai besoin moi-même de réfléchir mûrement sur tout cela.

— Mon frère, mon bon, mon excellent frère! » s'écria la princesse en couvrant de baisers la main du roi. . . . .

VI

JUSTICE ET LIBERTÉ

A peine introduit dans un vaste et beau salon du château, le comte de Champ-d'or s'était jeté sur un lit de repos pour passer en revue les événements de la veille. Quoique éveillé, tout lui apparut comme un rêve, et quand il vint à songer que Clélia probablement était perdue pour lui, il sentit une douleur si poignante au cœur, qu'il lui fallut toute l'énergie de sa volonté pour la vaincre, du moins pour quelques moments. Enfin, au bout de quelques heures d'amères réflexions, et non sans avoir versé des larmes de rage et d'impuissance, il allait s'endormir, lorsque la sentinelle postée devant la porte l'ouvrit avec fracas en criant : « Le roi ! »

A ce cri, le comte sauta au bas du lit et se trouva face à face avec le prince Juste.

« C'est moi, dit le prince Juste.

— Je sais d'avance ce qui vous amène ici, répondit le comte.

— J'en doute, reprit le prince.

— Permettez-moi une question, sire, dit le comte. Est-ce au roi ou au prince Juste que j'ai l'honneur de parler?

— C'est au prince Juste, votre ami.

— Mon ami! répondit le comte en souriant tristement, je n'ai plus d'ami et je doute qu'à l'heure qu'il est il existe dans notre pays un homme qui puisse s'appeler le Juste.

— Comte, dit le prince, il ne m'a fallu qu'un jour pour vous appeler mon ami. Il y a plus de dix ans que vous devez me connaître, et vous osez suspecter ma bonne foi et mon amour de la justice! Décidément vous ne me valez pas.

— Aussi Clélia sera-t-elle à vous. Dites-moi seulement, de grâce, où elle est?

— Dans l'hôtel de son père.

— Enfermée et surveillée comme moi?

— Libre comme vous, répondit le prince d'une voix ferme.

— Je ne suis donc pas prisonnier? Je suis donc libre?

— Dans mon royaume, les honnêtes gens seront toujours libres et maîtres de leur volonté.

— Ce n'est donc pas un crime à vos yeux que d'aimer Clélia?

— C'est un mérite de plus, puisque je partage ce sentiment.

— Et vous n'êtes pas jaloux de votre rival?

— Je vous avais donné ma parole. Quand donc avez-vous vu le prince Juste manquer à sa foi?

— Mais cette arrestation, cette séparation forcée?

— J'y suis tout à fait étranger et je viens réparer les torts de ma sœur. Seulement, en ma qualité de frère, je vous prie de ne parler à personne de cette affaire.

— Oh! pardon, sire, s'écria Édouard en tombant à genoux, pardon de l'injure que j'ai faite à votre cœur, à votre esprit! Oh! chassez-moi, je suis indigne de votre amitié, je vous ai soupçonné d'avoir joué la comédie et de m'avoir enlevé Clélia. Oui, je m'accuse du crime de lèse-majesté; car vous êtes si grand, si généreux, si au-dessus de tous les hommes, que le moindre soupçon sur votre loyauté est un crime!

— Je vous pardonne de tout mon cœur, répon-

dit le prince en relevant le comte. Je dois vous
pardonner, car les apparences étaient contre moi.
A mon tour, je vous prie de ne garder aucune ran-
cune à ma sœur, qui vous a fait arrêter.

— Votre sœur, la princesse Blanche, l'ange
gardien de notre pays !

— Qui vous aime, hélas !

— Qu'entends-je ! dit le comte. La noble femme
m'aurait jugé digne de son amour ?

— C'est elle qui m'avait engagé à vous choisir
comme ami et comme secrétaire intime ; c'est elle
qui nous a fait suivre hier au soir, c'est elle enfin
qui, après mon départ, vous a fait arrêter. Mais,
grâce à Dieu, il y a des juges dans mon royaume
et j'accours pour vous rendre votre liberté. Vous
pouvez partir ou rester, épouser la fille du duc de
Lusace ou la sœur du prince Juste, car ma sœur
ne m'aurait pas avoué son amour, si elle n'était
pas décidée à le légitimer selon les saints pré-
ceptes de la religion.

« Adieu, comte, et au revoir ! »

Cela dit, il disparut.

VII

L'ESPRIT ET LE CŒUR

Si épris que fût le comte de Clélia, il n'en sentit pas moins un frisson de vanité parcourir ses veines, à la nouvelle que la princesse Blanche l'aimait, au point de faire de lui le beau-frère du prince Juste. Son cœur appartenait bien à Clélia, mais déjà son esprit, ce laquais de l'orgueil, plaidait pour Blanche. Clélia était plus belle que Blanche, mais Blanche avait peut-être plus d'esprit que Clélia. La fille du duc de Lusace n'avait jamais aimé; son cœur était vierge de toute passion; la sœur du prince Juste, au contraire, veuve, avait appartenu à un mari. Mais l'une, quand elle agréa le comte, était pauvre, exilée, tandis que l'autre, princesse du sang et dans toute la splendeur de la beauté, était recherchée elle-même par des princes aussi jeunes que beaux qu'elle refusait pour

5.

lui offrir, à lui, simple gentilhomme, et son cœur et sa main, et son pouvoir et sa grandeur!

Au lieu donc de profiter de la liberté que le prince Juste venait de lui rendre, le comte de Champ-d'or, s'abandonnant à ses rêves et à ses tergiversations, se promenait de long en large, et donnait audience, tantôt à son cœur, tantôt à son esprit.

« Supposé, lui disait l'esprit, que Clélia fût à la place de Blanche, elle qui, même dans la pauvreté, a conservé un peu de morgue de famille; s'exposerait-elle au courroux de son frère, aux médisances de tous les malveillants pour venir m'offrir sa main? J'en doute.

— Mais que m'importe le sacrifice de la princesse Blanche, répondit brusquement le cœur, je ne l'aime pas. Je pourrais peut-être, à force d'admiration, l'aimer dans l'avenir; mais jusqu'à présent je n'éprouve pour elle qu'un sentiment de reconnaissance. D'autre part, j'aime Clélia. Il me semble que son regard aimanté anéantit l'espace, perce les murs pour m'attirer vers elle. Rien qu'à penser à elle, je me sens tressaillir comme si j'allais m'élancer pour me jeter à ses pieds et lui demander pardon d'avoir pu un instant songer à une autre femme. Et puisque je trouve mon bonheur à rester auprès d'elle, poursuivit le cœur, puisque je ne me sens, je ne vis que là où elle est. que m'importent l'amour et le sacrifice d'une reine? Non, jamais je ne renoncerai à Clélia!

— Mais qui sait? répliqua bien vite l'esprit. On dit, et l'histoire en fait foi, qu'aucun amour n'est éternel, qu'il faut que par la suite il se transforme en amitié... On dit encore... »

L'esprit allait poursuivre son plaidoyer quand un chambellan du château entra dans le salon et demanda au comte s'il voulait bien accorder quelques minutes d'entretien à S. A. R. la princesse Blanche.

Le comte rougit, courut devant une glace pour rajuster un peu sa toilette et répondit qu'il était flatté d'un honneur qu'il ne méritait pas.

Une minute après, la princesse Blanche, belle et radieuse, entra toute seule, salua le comte et le pria de s'asseoir.

Le comte rougit de nouveau. Jamais la princesse Blanche ne lui avait paru si jeune et si belle! Son esprit, faisant un dernier effort, et comme pour donner le coup de grâce au cœur, lui persuada même qu'elle ressemblait à Clélia!

VIII

DIPLOMATIE DE CŒUR

« Comte de Champ-d'or, dit la princesse, votre présence dans ce château et la démarche que je fais auprès de vous doivent vous paraître étranges.

— En effet, madame, répondit le comte, je crois rêver.

— Les beaux rêves se présentent souvent sous de sombres couleurs, répliqua la princesse. Écoutez-moi, comte, écoutez une femme qui vous veut du bien.

— Je vous écoute, madame, répondit le comte.

— Vous aimez Clélia de Lusace et Clélia de Lusace vous aime. Vos deux cœurs sont dignes l'un de l'autre. Voilà bientôt un an que vous aimez cette jeune personne.

— Vous le saviez donc, madame ?

— Je sais tout ce qui se passe dans la capitale. Je connaissais la présence du duc de Lusace dans cette ville, et c'est grâce à moi qu'il a pu finir ses jours sans être troublé par la police.

— Grâces vous en soient rendues!

— Ne me remerciez pas, car d'abord mon âme savourait avec bonheur l'union projetée entre un de nos fidèles chevaliers et une des plus nobles héritières de notre pays. Mais bientôt je m'aperçus avec un profond chagrin que cette union était impossible.

— Impossible! s'exclama le comte.

— Calmez-vous et écoutez-moi jusqu'au bout, répondit la princesse.

Vous n'êtes pas le seul gentilhomme qui ait formé de doux projets sur Clélia. Sa beauté, sa grâce, sa vertu irréprochable, ont attiré sur elle d'autres regards. Avant même que vous eussiez une première entrevue avec elle, vous aviez un rival généreux, il est vrai, mais puissant.

— Je le sais. C'est votre frère, mon auguste maître.

— Votre meilleur ami, l'ami de toute la nation, le meilleur homme. le meilleur prince qui fût jamais!

— Mais il y a renoncé, madame.

— Oui, parce qu'il aime mieux être juste qu'heureux. Depuis six mois j'étudie cette passion, et depuis six mois je vous surveille. La crise est enfin arrivée. Hier, vous alliez partir avec Clélia, vous alliez rendre malheureux non-seulement un ami, un roi, un frère, mais tout un peuple; car, si mon frère pouvait sérieusement renoncer à Clélia, il n'aurait pas fait la démarche inconsidérée d'hier soir. Voilà six mois qu'il lutte contre cette passion. Il la vaincra, il sacrifiera son cœur à sa gloire; mais je crains bien qu'avec la perte de Clélia nous ne perdions tous notre paix, notre prospérité, notre bonheur. Il ne s'agit pas de l'existence d'un homme, il s'agit du bien-être de toute une nation. Le prince est un être à part. Il est constant dans ses affections, comme il le sera plus tard dans ses haines. Voulez-vous lui apprendre à haïr? Épousez Clélia. Vous étiez son ami, plus encore, vous étiez pour lui l'amitié, comme l'image de Clélia était pour lui l'amour. Partez avec elle, et c'en est fait pour le prince et de l'amour et de l'amitié! Que lui restera-t-il? Il s'ennuiera, et malheur aux peuples dont les princes s'ennuient! C'est donc pour empêcher ce malheur national que

je vous ai fait conduire ici de force; j'espère que
cet acte de despotisme trouvera grâce dans vos
yeux à cause de l'intention qui l'a dicté. »

Le comte observait toujours un silence reli-
gieux.

« Comte Édouard de Champ-d'or, reprit la
princesse, le sort de tout un pays est entre vos
mains. Ce n'est pas en ma qualité de sœur du roi
que je viens vous prier de renoncer à Clélia, mais
en qualité de bonne patriote. Et si vous l'exigez,
c'est à genoux que je vous prierai d'oublier Clélia! »

A ces mots, la princesse allait se mettre à ses
pieds; mais le comte, la prenant par la main, l'en
empêcha, en disant :

« Si quelqu'un ici doit être à genoux, c'est
moi, madame. »

Puis, ployant un genou, il poursuivit :

« Princesse! cette démarche prouve le profond
amour que vous avez voué à votre auguste frère et
à votre pays. Elle vous honore et montre que les
sentiments de votre âme sont aussi beaux que les
traits de votre noble figure. »

Un sourire de satisfaction à peine perceptible
effleura les lèvres roses de la princesse.

Elle releva le jeune homme et lui dit :

« Vous me flattez, comte. Je n'ai fait que mon devoir, et j'espère que vous ferez le vôtre.

— Madame, reprit celui-ci. Il est vrai que j'aime Clélia de Lusace, et depuis hier je sais que mon auguste ami est mon rival. A l'instant même où je fus convaincu que le prince Juste aimait Clélia, j'eusse fait violence à mon cœur pour renoncer à elle, si je n'avais pas appris de la bouche même de votre frère qu'il y renoncerait lui-même de grand cœur si Clélia aimait un autre homme. J'ai même cru entendre, par le sens de ses paroles, qu'une femme dont le cœur a battu pour un autre serait indigne de partager la couronne du prince Juste.

« Il ne suffirait donc pas, madame, que je renonçasse à Clélia, il faudrait encore...

— Je respecte et j'admire votre confiance en Clélia, interrompit la princesse ; confiance, ajouta-t-elle avec un sourire ironique, qui prouve que vous pratiquez la maxime des anciens : Connais-toi toi-même. Mais êtes-vous bien sûr de connaître à fond la pensée de cette jeune fille ? Il m'est permis à moi de vous faire cette observation ; moi qui, hélas, ai déjà acquis un peu d'expérience à mes dépens. Jusqu'à présent Clélia était fière d'avoir été recherchée par un jeune gentilhomme qui allie les qualités du cœur à celles de l'esprit. Mais êtes-vous bien sûr qu'elle ne soit pas encore plus fière d'être recherchée par un roi, par le prince Juste?

— Mais elle sait, madame, que le prince l'aime. Pourtant elle consentait à fuir avec moi.

— Etre aimée par un prince n'est pas toujours un grand honneur. Souvent c'est une honte. Il n'est pas étonnant qu'une jeune fille bien élevée, d'une noble famille, préfère devenir la femme du comte de Champ-d'or plutôt que la maîtresse du prince Juste. Mais qu'au nom de mon frère j'aille la faire demander en mariage ; que mon frère lui offre de partager et sa couronne et sa gloire... »

Après un moment de réflexion, le comte répondit.

« Madame, je vous autorise à faire cette démarche.

— Et si elle accepte?

— Je prierai pour son bonheur. Pourvu qu'elle soit heureuse, c'est tout ce qu'il me faut!

— Vous êtes un noble jeune homme, répondit la princesse, et je suis heureuse de ne pas m'être trompée à votre égard. Mais écoutez-moi encore. Clélia est fière. Il se peut que son orgueil refuse une couronne pour un cœur fidèle. Il se peut qu'elle recule devant l'idée de trahir son amour pour l'ambition. Les femmes d'instinct aiment à se sacrifier. Mais ce sacrifice même ne prouve pas toujours l'amour.

— Où voulez-vous en venir ?

— La véritable preuve qu'une femme puisse donner de son amour inébranlable, éternel, n'est possible que lorsque cet amour résiste à toutes les tentations, lors même que l'objet aimé aime ou feint d'aimer une autre femme. L'amante, si ordinaire qu'elle soit, supporte toutes les privations avec un amant qu'elle croit fidèle. Cette fidélité flatte sa vanité, elle se dit : Je suis plus belle que toutes mes rivales. Mais que l'amant ait quelques attentions pour une autre femme, à l'instant même cette vanité froissée tue l'amour, c'est-à-dire l'amour qui n'était que de l'infatuation, l'estime de soi-même, l'amour-propre enfin.

« Le véritable amour, c'est d'aimer un homme malgré soi, c'est de se dévouer à un amant qui vous dédaigne, qui vous fait endurer des supplices d'enfer. Oh ! quand une femme vous aime malgré ce dédain, malgré ces infidélités ; quand elle reste fidèle, elle, au risque de sentir son cœur se briser et s'en aller par morceaux, alors, mais alors seulement, vous avez le droit d'en être fier ; alors seulement vous pouvez dire : Faites qu'elle renonce à moi !

— C'est donc une véritable épreuve que vous me proposez ?

— Je n'exige pas tant. Promettez-moi seulement de ne pas aller la voir d'ici à huit jours, et de vous éloigner sans lui écrire.

— Et si malgré toutes vos tentatives Clélia reste fidèle à sa foi promise ?

— Alors ce serait un crime de lèse-divinité que de séparer deux âmes créées l'une pour l'autre. Alors, ajouta la princesse en se levant, le roi signera à votre contrat. Comte de Champ-d'or, vous êtes libre !

— Veuillez dire au prince, répondit le comte, que je partirai ce soir même.

— Merci, merci, comte, s'écria la princesse en rougissant de bonheur ; merci... pour mon frère ! »

Ces trois derniers mots furent couverts par le cliquetis des armes des sentinelles.

IX

CLÉLIA DE LUSACE

Initiée de bonne heure aux douleurs et aux déceptions de la vie, Clélia, quoique à peine âgée de dix-huit ans, avait acquis cette force stoïque de l'âme qui, supérieure aux événements humains, ne connaît d'autre maître que le devoir dicté par les lois divines.

Depuis cinq jours qu'elle se trouvait dans l'hôtel de ses ancêtres, aucune plainte n'était sortie de sa bouche. Edouard, se dit-elle, doit être enfermé, ou bien le prince l'a forcé de quitter le pays sans m'écrire. Quoi qu'il en soit, Clélia restera fidèle à sa foi, et préférera, soit la mort au déshonneur, soit l'exil volontaire à l'infidélité.

Quoique libre, elle n'avait pas quitté l'hôtel, sous prétexte de deuil pour son père.

Pourtant, malgré son stoïcisme, le silence d'Edouard lui arrachait de temps en temps un soupir involontaire. Parfois aussi elle pensait à se retirer dans un couvent ; puis, songeant à sa jeunesse passée dans l'exil et dans l'abandon, et admirant la bonté de Dieu qui l'avait préservée de tant d'écueils, de tant de dangers par autant de miracles, elle leva les yeux vers le ciel en s'écriant : « Que ta volonté soit faite ! Je ne suis que ta très-humble servante, ô mon Dieu ! et si je dois être malheureuse, pourvu que ce soit pour ta gloire et pour la gloire de l'humanité ! »

Le sixième jour, Robert, qui avait été mandé au château, revint, et dit à Clélia :

« Ma sœur, depuis la mort de notre père bien-aimé, je suis le chef de la maison de Lusace. Écoute-moi. Il s'agit, sinon de ton bonheur, du moins de notre honneur et peut-être de notre gloire.

— Parle, mon frère, répondit Clélia. Si notre père vivait encore, je lui dirais d'avance : Je me soumets à vos ordres ; mais avec mon frère, il m'est permis de discuter. Je t'écouterai jusqu'au bout, mais je ne te promets nullement de me rendre à tes arguments.

— Je viens du château. J'ai vu la princesse Blanche. Elle demande formellement ta main pour

son frère le prince Juste. Le prince, probablement,
de peur d'un refus, met sa sœur en avant. Tu connais d'ailleurs et la loyauté du roi et la vertu de
sa sœur. Tu seras reine. Rappelle-toi les dernières
paroles de notre père. On dirait qu'il avait un
pressentiment de ta future grandeur. Songe au
bien que tu pourras faire à notre pays et à la
gloire qui rejaillira sur notre famille. Il n'est pas
une princesse au monde qui hésiterait un instant !

— Mon frère, répondit Clélia, je suis aussi fière
que toi de l'amour qu'éprouve pour moi le prince
Juste. Mais en lui sacrifiant Édouard, auquel dans
ce moment on fait violence au nom de l'obéissance
à son roi, supposé même que je puisse l'oublier,
sais-tu ce que je fais? Je trahis l'amour pour l'ambition, le cœur pour l'esprit et l'âme pour le corps.
Tu me parles de gloire. La gloire n'est que là où
est le sacrifice ! Que dirait le peuple si je trahissais
ma foi donnée au comte de Champ-d'or pour entrer
au palais du roi? Il dirait que je suis une fille sans
cœur, sans vertu, sans force, une ambitieuse qui
sacrifie son amour à l'intérêt et sa parole donnée
à une couronne. On crierait tout haut : Vive la
reine! mais tout bas on dirait : Qui a trompé le
comte trompera le roi !

— Et moi, ma sœur, je te dis qu'en épousant le comte de Champ-d'or tu ne peux rendre heureux qu'un homme, tout au plus une famille, mais qu'en épousant le prince Juste tu peux contribuer au bonheur de tout un peuple, tu peux fortifier ton noble époux dans ses principes de justice. Que de malheureux à soulager! que de veuves à consoler! que d'orphelins à soutenir! quelle tâche glorieuse et divine! Crois-tu donc, Clélia, que le comte de Champ-d'or t'eût choisie s'il était roi?

— Et pourquoi pas? Il me croyait pauvre et il était comte, fils du premier ministre d'État. Il y a autant de distance entre le comte de Champ-d'or et la fille de l'exilé qu'entre le prince Juste et la fille du duc de Lusace.

— Mais le prince aussi t'a distinguée pauvre.

— J'en doute. Il savait bien qui j'étais. Il tolérait notre père parce qu'il avait des vues sur moi. Mais à quoi bon te répondre? Je vois avec peine que le fils du duc de Lusace plaide la cause de l'infidélité et de la félonie. Les hommes sacrifient facilement l'honneur aux honneurs.

— Hélas! oui, répondit Robert, et Édouard de Champ-d'or ne fait pas exception à la règle.

— Qu'entends-je? s'écria Clélia. Tu oses suspecter la loyauté et la fidélité d'Édouard?

— Ce n'est pas moi, reprit Robert; mais, rien qu'à entendre mes paroles, tu aurais dû soupçonner la vérité.

— Tu as des raisons pour douter d'Édouard? dis, mon frère, dis-moi tout. Tu sais que j'ai l'âme forte.

— Eh bien, apprends qu'Édouard est libre depuis six jours.

— Sur sa parole, probablement.

— Et qu'il va épouser la princesse Blanche. Toute la ville en parle et ne parle que de cela. »

A ces mots Clélia pâlit et chancela. Robert, courant vers elle, la soutint, la baisa sur le front et l'assit sur un siége en lui disant : « Ma chère amie, il n'y a dans ce monde qu'un seul homme digne de toi : c'est le prince Juste.

— Si celui que vous avez cru le meilleur des hommes, dit Clélia d'une voix lente et douloureuse, est un traître, comment croire à un autre homme? Non, mon frère, ajouta-t-elle en essuyant une larme, la félonie d'Édouard de Champ-d'or ne légitime en aucune manière la trahison de Clélia de Lusace.

— Tu veux donc, dit Robert, non-seulement résister au prince Juste, mais encore lutter contre la princesse Blanche qui aime le comte ?

— Si je voulais lutter, dit Clélia, je suis la fille du duc de Lusace et ne crains ni les combats ni les défaites. Mais les luttes de ce genre sont au-dessous de ma dignité, car la victoire même serait une honte. Là où l'honneur me défend de vaincre, je saurai du moins mourir !

— Toi mourir ! s'écria Robert en la serrant dans ses bras, toi mourir pour un homme ! Clélia de Lusace ne mourra que pour une idée de gloire divine ! Clélia de Lusace, c'est mon cœur qui me le dit, mourra reine, adorée du peuple et bénie de Dieu ! »

X

LA RÉCOMPENSE DU JUSTE

Dans le pays du prince Juste, il était d'habitude que tout roi, pour célébrer son avénement, donnât un bal au peuple au château royal même. Une vieille coutume, que les rois avaient toujours respectée, voulait qu'outre les invités du prince le peuple choisît par élection cinq couples d'honneur dans toutes les classes de la nation, depuis la noblesse jusqu'aux derniers corps de métier. Sur ces cinq couples élus par le peuple, il y en avait toujours deux qui n'étaient pas mariés, mais qui s'étaient distingués, les cavaliers par des actes de bravoure et d'honneur, et les demoiselles par des actions de vertu et de charité chrétiennes.

Ces couples, réunis la veille du bal, avaient le droit, à leur tour, d'élire un roi et une reine du bal, royauté qui d'ordinaire ne durait qu'une nuit, mais qui, échue quelquefois au couple royal lui-même, était regardée comme un grand honneur et comme une preuve de l'amour du peuple pour ses souverains.

Depuis huit jours, la ville n'était occupée que du bal du prince Juste et des élections des couples d'honneur. Nobles, bourgeois, artisans, tous déployaient une activité non interrompue, et depuis que la lutte était ouverte, la capitale avait l'air de n'avoir dans son sein ni un malade, ni un pauvre, ni un mécontent. Le prince lui-même, quoique triste et préoccupé, étouffa les douleurs

poignantes de son cœur sous des travaux d'État
de toutes sortes, et puisa un peu de consolation
dans la joie que le peuple manifestait depuis son
avénement. Dans ce moment il était occupé à
dresser sa liste d'invitations pour le bal du peuple. Tous les invités du Prince étaient, sinon des
hommes marquants par le génie et le talent, du
moins par le travail et l'honneur. Toutes les
femmes n'étaient pas belles non plus, mais les
beautés qui y figuraient réunissaient les grâces
du corps aux charmes d'une âme droite et hon-
nête.

Le prince, en outre, se faisait un plaisir de s'occuper des élections des couples d'honneur, et plus
d'une fois, en voyant la joie franche et sincère
d'un élu, il ne pouvait s'empêcher de faire de
tristes réflexions sur la condition humaine, en songeant que celui qui pouvait donner tant de bonheur était très-malheureux lui-même.

« Pourquoi, se dit-il, le cœur humain est-il si
despote ! pourquoi faut-il que dans ses affections
il soit si absolu ! Le temps, dit-on, est le seul re-
mède contre cette tyrannie; mais que d'hommes
qui n'ont pas eu le temps de se laisser guérir par
le temps ! »

Il venait de faire cette observation quand la princesse Blanche, toute pâle, entra dans son cabinet.

« Tout est perdu, mon ami, dit-elle, Clélia n'aime que lui, et c'est aujourd'hui même le dernier jour de son épreuve. Robert m'a dit que si Édouard devenait infidèle, Clélia irait finir ses jours dans un couvent.

— Il ne s'agit pas de moi, mon amie, répondit le prince. Je suis un homme, je saurai me vaincre. Si Clélia ne peut m'aimer, s'il ne m'est pas donné d'appeler par le doux nom de femme l'être que mon cœur, que mon cœur seul a choisi, je saurai donner un autre cours aux inspirations de mon âme. La carrière est vaste et grande. On dit que la douleur, pour un grand cœur, est de la semence de gloire. A défaut d'être heureux, je serai grand. Mais toi, ma pauvre amie !

— Tu me crois donc bien faible ?

— Non. Mais la force d'une femme ne se manifeste que dans l'amour ou plutôt dans la vertu qu'elle déploie pour un homme. Toute autre vertu, mon amie, est stérile.

— Hélas ! soupira Blanche, je voudrais pouvoir te contredire. Aussi, pourquoi faut-il...

— Tu vas blasphémer, ma sœur, tu vas me reprocher mon excès de justice. Jadis ce fut toi qui m'appris à modérer mes passions. Dans ce temps tu n'aimais pas. Une femme, si supérieure qu'elle soit, n'est sage que quand elle n'aime pas. C'est à moi maintenant à te rappeler à la modération. Crois-moi, j'ai tout pesé. Le bonheur, mon amie, est au-dessus du pouvoir humain. Dieu a tout donné à l'homme, esprit, intelligence, force, raison, vertu; mais le bonheur, il se l'est réservé et il ne l'accorde qu'à ses élus à lui. Si Dieu veut m'accorder un peu de ce bonheur, il inspirera à l'âme de Clélia un peu d'amour pour moi. Serais-tu heureuse d'aimer un homme indigne de ton cœur? D'ailleurs, le bonheur n'est pas dans l'amour seul. L'humanité serait trop à plaindre. Il n'est pas de plus grande félicité que de remplir son devoir. Que m'importe que d'autres soient contents de moi, si moi-même j'en suis mécontent? Or il m'est possible d'éviter le monde, mais il m'est impossible de m'éviter moi-même. Le sot, l'homme sans cœur, l'idiot seul ne comprend pas le bonheur du devoir accompli, parce qu'il ne s'appartient pas, parce qu'il n'a pas de chez soi, parce que son âme n'a point d'individualité, parce qu'en-

4.

fin il n'est qu'une ombre en peine qui cherche un homme et qui ne le trouve jamais.

« Notre devoir à nous, ma sœur, c'est d'être justes. Les rois n'existent que pour être les représentants humains de la justice divine. Et puisque tu partages les douleurs de mon cœur, tu partageras en même temps les félicités de mon âme. Dès demain je te déclarerai corégente ; je te céderai la moitié de mon pouvoir. Nous ne nous marierons jamais. Et si l'amitié peut suppléer à l'amour, — et il faut bien que l'amour se transforme tôt ou tard en amitié, — tu seras heureuse. Viens, ma sœur, dans mes bras ! »

Blanche, tout éplorée, allait embrasser son frère, lorsqu'un messager entra pour annoncer que les couples d'honneur venaient d'élire roi et reine du bal le prince Juste et Clélia de Lusace, et que le peuple parcourait les rues en criant : Vive le roi ! vive la reine !

« La voix du peuple est la voix de Dieu, s'écria Blanche. Clélia sera à toi, mon frère ! Dieu récompense le juste ! »

XI

LE BAL DU PEUPLE

Quoique en deuil, Clélia ne pouvait se sous-
traire à l'ovation du peuple. Déjà, quand simple
fille d'artisan elle paraissait le dimanche dans l'é-
glise, elle produisait une rumeur de satisfaction
générale; et depuis que l'on savait qu'elle était
l'héritière des ducs de Lusace, l'affection popu-
laire pour elle allait jusqu'à l'enthousiasme. Sans
être très-grande, Clélia, par sa taille souple et le
port dégagé de sa tête, paraissait d'ordinaire plus
grande que les autres femmes. Partout où elle se
trouvait, elle faisait l'effet de Calypso éclipsant ses
nymphes. Elle avait de grands yeux, dont le bleu
d'outremer, plein et profond, faisait pâlir même le
bleu d'azur du ciel. Aucun homme ne rencontrait
son regard sans éprouver pour elle un sentiment,
soit d'amour, soit d'affection bienveillante, et ce
regard, si droit et si pénétrant, avait tellement

connaissance de sa puissance attractive, qu'il se voilait d'abord naturellement, pour se baisser après tout à fait. Ses cils étaient si longs, que, les yeux ouverts, ils étaient à fleur des sourcils. Quoique tout en elle fût d'une beauté irréprochable, on ne voyait d'abord que ses yeux, et une fois qu'on les avait vus, on croyait les voir toujours. Il est des regards de femme qui vous poursuivent, qui s'impriment dans votre âme et qu'on ne peut éteindre qu'avec la vie.

Le soir du bal, la ville entière était en émoi. De toutes parts arrivaient les demoiselles d'honneur, vêtues de blanc avec une ceinture rose à la taille et une fleur naturelle dans les cheveux. Elles étaient assises dans des chars enrubanés, festonnés de verdure, traînés par quatre chevaux richement harnachés, et précédés de bandes de musiciens et de porteurs de torches. Les garçons d'honneur suivaient à cheval. Clélia, en sa qualité de reine du bal, occupait le plus beau char, le char d'honneur. Comme elle était en deuil, elle avait remplacé la ceinture rose par une écharpe lilas en sautoir, et sur sa chevelure épaisse et noire coiffée à la paysanne elle portait la couronne de violettes des bois que le roi du bal lui avait envoyée, selon

la coutume du pays. Les salles du château, res-
plendissantes de lumières, regorgeaient de monde,
et dès que Clélia parut à la porte, où l'attendait le
roi du bal, tous les invités se portèrent au-devant
d'eux en criant :

« Vive la reine! vive le roi!..»

Dès qu'Édouard eut appris la nouvelle que Clélia était élue reine du bal, il sentit le désespoir
s'emparer de son cœur. Pendant toute la journée
du bal il errait comme un fou dans les environs
de la ville, en s'accablant de reproches. « Je suis
indigne d'elle, se dit-il en se frappant la poitrine,
j'ai douté de moi, j'ai douté d'elle. Elle m'a oublié,
ou va m'oublier, elle doit me mépriser, elle est
perdue pour moi!» Plus d'une fois il se proposait
d'aller la trouver dans son hôtel, de se jeter à ses
pieds pour lui demander pardon, de la prier de ne
pas aller au bal et de fuir avec lui; mais il avait
donné sa parole de ne pas lui parler pendant huit
jours, et ces huit jours n'expiraient que le lendemain.

En entrant au bal sa figure était toute boulever-
sée. Et quand il entendit les cris du peuple, quand
surtout il vit Clélia, plus belle que jamais, donner
le bras au prince Juste et se promener à ses côtés

comme une reine, il sentit mille morsures au cœur, comme si autant de furies en avaient pris possession.

Hors de lui, et de peur de manquer de respect à son roi, il se précipita vers l'autre bout de la salle, fuyant comme un.criminel devant la foule qui poussait toujours des cris d'admiration pour le roi et la reine du bal. Là il rencontra Blanche, qui, suivie de ses dames d'atours, allait au-devant de son frère.

« Princesse! s'écria Edouard tout effaré, de grâce, sauvez-moi, ayez pitié de moi! Je suis un homme perdu! »

La princesse lui prit doucement le bras et lui dit :

« Comte de Champ-d'or, calmez-vous. Montrez-vous grand et fort, et n'oubliez pas que la voix du peuple est la voix de Dieu. »

Edouard se laissa entraîner par la princesse sans pouvoir dire un mot. Quelques secondes après, ils se trouvèrent face à face avec Clélia et le prince Juste.

Bien que Clélia fût avertie de la trahison d'Édouard et de son union projetée avec la princesse, son cœur en avait toujours douté. Mais, à la vue du comte donnant le bras à Blanche, le doute se transforma vite en certitude, et, soit douleur, soit indignation, elle se troubla, pâlit, chancela et allait s'affaisser, lorsque le prince, la voyant s'évanouir, la souleva, et fendant la foule, la déposa dans une galerie réservée.

Mais le comte, voyant l'effet produit sur Clélia par sa présence, oubliant tout, se détacha du bras de la princesse et courut comme un forcené vers la galerie où Clélia, quoique pâle encore comme une morte, s'était remise de sa défaillance, grâce aux soins du prince, de Robert et de plusieurs dames de la cour.

« Clélia, s'écria Édouard en tombant à ses pieds, pardonnez à un malheureux, à un coupable qui s'accuse lui-même, mais qui mérite votre pardon. Je vous aime plus que jamais. Je n'ai jamais cessé un instant de vous aimer, et si je ne vous ai pas donné de mes nouvelles pendant huit jours, c'est que, sûr de votre cœur, de votre fidélité, j'avais promis à la princesse Blanche de vous mettre à l'épreuve. Ils ont osé douter de vous et de moi, ils ont osé douter de votre cœur; je voulais leur prouver qu'il n'y avait qu'une Clélia au monde et qu'elle m'appartenait, comme je lui appartiens pour toujours ! Grâce à Dieu, l'épreuve est passée. Nous voilà libres. J'ai la parole du roi. Je suis à toi, ma Clélia, pour l'éternité !

— Ainsi donc, répondit Clélia en se levant de toute la hauteur de sa belle taille, ainsi donc, poursuivit-elle d'une voix lente mais vibrante, en m'abandonnant pendant huit jours,. comte de Champ-d'or, vous n'avez cédé à aucune violence ! Il vous était permis de m'épargner cette immense douleur, et vous ne me l'avez pas épargnée pour satisfaire votre orgueil ! Non seulement vous aviez permis que d'autres doutassent de moi, mais encore de vous !...

« Comte de Champ-d'or, s'écria-t-elle d'une voix douloureuse, vous ne m'aimez pas, vous ne m'avez jamais aimée. Vous n'aimez que vous-même !

« Le véritable amour s'oublie pour l'objet aimé. La véritable vertu est celle qui se sacrifie pour le bonheur d'une âme forte, grande et juste !»

Et, tendant la main au prince, elle ajouta :

« Sire, j'aurai et cet amour et cette vertu ! »

« Vive le roi! vive la reine! » s'écrièrent de nouveau tous les invités du bal.

FIN DU PRINCE JUSTE

LA REINE DE FER

ET

LA REINE DE SOIE

LA REINE DE FER

ET

LA REINE DE SOIE

Dans le pays des longs hivers régnait la princesse Barsel, surnommée la Reine de Fer. Sa force
surnaturelle, son adresse à manier les armes, la
promptitude de ses résolutions, l'indomptable
énergie de sa volonté, la faisaient craindre de tous
les princes ses voisins, dont plus d'un avait ployé
sous sa main de fer. Mais, comme sa beauté égalait
sa force et qu'elle possédait d'immenses trésors,
les prétendants, accourus des pays les plus éloignés, se succédaient à sa cour pour tenter le sort

et conquérir en même temps gloire, fortune et beauté.

Elle avait fait proclamer que celui qui la vaincrait dans un combat singulier, non-seulement serait libre de l'épouser, mais encore de disposer de sa main, à condition que le prétendant fût prince régnant et n'eût pas dépassé l'âge de trente ans. Elle venait d'entrer dans sa vingt-quatrième année, et déjà ses victoires lui pesaient. Il y avait des moments où elle se repentait de s'être enorgueillie de la vigueur de son bras, et au fond de son cœur elle s'était promis de se laisser vaincre par le premier chevalier qui lui plairait.

A cent lieues de sa résidence régnait un jeune prince qui venait de perdre son père. A sa cour brillait sa sœur, jeune princesse célèbre au loin par son angélique beauté, par une grâce divine, reflet de son âme resplendissant sur tous ses mouvements, par l'inaltérable douceur de ses manières, enfin par sa charité envers les pauvres, auxquels elle donnait jusqu'à ses parures.

Le prince s'appelait Gottfried.

La princesse, Rosemonde.

Gottfried avait souvent entendu parler de la beauté de la Reine de Fer. Il l'aimait et la désirait pour femme, précisément parce qu'il était doux de caractère et faible de corps. Depuis quelque temps son pays était ravagé par des chevaliers errants qui profitaient de la mort de son père pour braver le pouvoir un peu affaibli du fils.

Cette beauté de fer pouvait le maintenir sur son trône, et même étendre les limites de son royaume. Mais il n'osait se présenter, car il connaissait les conditions de la lutte, et ces conditions ne lui permettaient pas une victoire facile.

Un de ces chevaliers errants, à la tête de deux cents guerriers, venait de faire irruption dans son pays et avançait rapidement vers la capitale, renversant devant lui tous les braves que Gottfried lui opposait. C'était un prince du Rhin : il s'appelait Sigebert, et avait à peine atteint l'âge de vingt-cinq ans. Il était le plus beau et le plus vaillant de ses guerriers, et sa galanterie égalait sa bravoure. Gottfried, en désespoir de cause, lui envoya plusieurs hérauts de paix chargés de présents, lui promettant une forte somme d'or s'il consentait à se retirer.

« Dites à votre maître, répondit Sigebert, que je ne suis point venu pour m'enrichir à ses dépens. S'il ne m'avait pas accueilli comme un ennemi, je

n'aurais pas fait tomber un cheveu de tous ses valeureux chevaliers. J'admire sa vertu et sa piété ;
je ne suis point un mécréant ; ma mère est une
bonne chrétienne, et son fils n'est point un bri-
gand. Je refuse ses présents. Je désire avoir une
entrevue avec lui, à sa cour même. Qu'il me
reçoive comme un ami, et je serai fier d'être son
plus fidèle défenseur..»

Ces paroles mirent Gottfried dans un grand em-
barras : il y voyait une embûche, et craignait que
le prince étranger ne songeât à le tuer et à s'emparer du trône. Il demanda deux jours de réflexion,
qui lui furent accordés.

Il tint conseil avec sa mère et sa sœur. Sa mère,
femme d'un héros, était pour une résistance dés-
espérée ; mais Rosemonde, prenant à son tour la
parole, dit :

« Si Sigebert en voulait à notre vie et à nos trésors, il les prendrait de haute lutte. Tout ce que
j'ai entendu raconter de lui me fait croire que
c'est un noble chevalier, digne d'être l'ami de
mon frère. Il parle de sa mère, donc il est animé
de généreux sentiments : croyons à ses promesses ;
il sera forcé de les tenir. Pour que les hommes
fassent le bien, il faut les croire bons. »

Ces sages paroles prévalurent dans le conseil, et Sigebert fut invité à venir à la cour.

La réception fut brillante. Tous les sujets du roi avaient mis leurs habits de fête pour recevoir dignement ce valeureux prince.

Le roi, précédé de ses trabans, de ses hérauts, suivi de la reine mère et d'un nombreux cortége de serviteurs, alla au-devant de lui jusqu'au bas de l'escalier de son château.

Sigebert, à sa vue, arrêta son destrier, mit pied à terre, fléchit un genou et baisa la main du roi. Gottfried, rassuré par l'air franc et cordial du jeune héros, l'embrassa, le présenta à sa mère et le conduisit dans la salle du trône.

Il ne fallut pas dix minutes à Sigebert pour gagner tous les cœurs. Sa taille souple et élevée dépassant celle de tous les chevaliers qui l'entouraient, sa figure à la fois juvénile et martiale, mais surtout son regard bleu, tendre et long, parce qu'il venait du plus profond de son âme, étaient autant de témoignages d'une haute extraction et de sentiments tout autres que ceux qu'on lui avait supposés. Tous les yeux étaient fixés sur lui, et plus d'un cherchait du regard Rosemonde pour voir l'effet que ce bel étranger ferait sur elle. Mais Rose-

monde n'était pas dans la salle, l'usage s'y opposait. Du consentement de son frère, elle se tenait
dans une tribune enveloppée de riches draperies,
en face du trône, savourant, sans être vue, les
traits de Sigebert.

Tout à coup Sigebert, présentant son épée au
roi, lui dit :

« Sire, j'ai à vous entretenir en particulier. »

Le roi ordonna, et en peu d'instants la salle
était vide; Rosemonde seule les écoutait.

« Je suis le prince Sigebert, dit le jeune chevalier, fils de la reine Siegmilde et du roi Wittikind,
du pays béni entre le Rhin et le Mein. Ma mère
m'a appris à croire, et mon père à combattre. Ma
mère m'a parlé de la princesse Rosemonde, votre
sœur; elle m'a dit que sa vertu et sa sagesse éga-
laient sa beauté. J'aurais pu vous envoyer des
messagers pour demander sa main; mais je veux
me marier comme mon père, qui a conquis sa
femme à la pointe de son épée. Je me suis mis
en route avec deux cents de mes fidèles; ma mère
elle-même a brodé mon pourpoint, mon père a
forgé mon glaive; lorsqu'aux confins de votre pays
je fus attaqué par quatre cents de vos chevaliers,
c'est à regret que je les ai vaincus, mais, m'en

cussiez-vous opposé le double, ils ne m'auraient
pas empêché de venir ici déposer mon cœur et ma
couronne aux pieds de Rosemonde.

— Que ne m'avez-vous fait savoir ces sentiments dès le jour de votre départ! répondit Gottfried. Bien du sang noble eût été épargné. Que
Rosemonde vous agrée, je vous l'accorde.

— Je l'aimerai tant et si fidèlement, répliqua
Sigebert, qu'elle sera forcée de m'aimer un peu à
son tour. Mais pourquoi mes yeux ne l'ont-ils pas
encore aperçue? Car, de toutes les femmes de
votre cour, aucune ne doit l'égaler; il me semble
que je la reconnaîtrais entre mille, et jusqu'à
présent mon cœur ne m'a pas encore dit : C'est
elle ! »

Le roi fit un signe de la main à Rosemonde. Les
draperies de soie et d'or de la tribune s'ouvrirent,
et la jeune princesse parut sur le balcon.

« C'est elle! » s'écria Sigebert en tombant à
genoux. Et une voix secrète au fond du cœur de
Rosemonde lui répondit : « C'est lui ! »

Sigebert fut admis à faire sa cour à Rosemonde.
Il l'avait aimée sans l'avoir vue : depuis qu'il la
voyait, il l'adorait comme une divinité.

Rosemonde, se sentant aimée du plus noble che-

5.

valier, priait Dieu de ne pas la rendre fière et orgueilleuse; mais quand, apparaissant dans la salle
du trône, son regard rencontrait le regard de Sigebert, les yeux de tous les assistants se baissaient
comme éblouis par des étincelles jaillissant du
choc de deux étoiles.

Enfin, le roi Gottfried, voyant le profond amour
de Sigebert pour sa sœur, lui dit :

« Mon ami, quoique l'absence de Rosemonde
doive plonger mon palais dans la nuit, car avec
elle le soleil s'en ira, je te l'accorde, et, dès le
retour de tes messagers à ton père, sa mère te
l'amènera au lit nuptial, bénit par l'archevêque.
Mais, Rosemonde partie, ma mère exige que je me
marie pour donner une reine à mon peuple et un
héritier au trône. Écoute-moi, tu es mon ami,
mon frère.

— Plus encore, répondit Sigebert, ton vassal.

— Jure-moi, poursuivit Gottfried, de faire tout
ce qui est en ton pouvoir pour m'aider à obtenir
la main de la princesse que j'aime.

— Je le jure, reprit Sigebert.

Et ils se donnèrent le baiser d'ami et de frère.

Les noces de Sigebert et de Rosemonde furent
célébrées avec une pompe royale. Toutes les

jeunes filles de la capitale figurèrent comme demoiselles d'honneur dans le cortége de l'auguste fiancée ; car toutes l'aimaient, et Rosemonde préférait ce cortége d'affection et de beauté au luxe et au faux éclat de la cour.

Le jour de son mariage, le peuple lui donna le nom de *Reine de Soie*, en opposition à celui de la *Reine de Fer*, car sa voix et son regard étaient aussi doux que la soie.

Quinze jours après son mariage, Sigebert s'arracha aux bras de sa chère Rosemonde pour suivre Gottfried dans le pays des longs hivers. Il lui avait promis de l'aider à conquérir la Reine de Fer. En vain Rosemonde chercha-t-elle les mots les plus soyeux pour engager son bien-aimé à rester avec elle :

« Tu es, ma douce amie, le prix de ma parole, lui répondit Sigebert. Tu es fidèle à mon cœur; il faut donc que mon cœur soit fidèle à ma parole. »

Et, malgré les larmes de Rosemonde, Sigebert et Gottfried, accompagnés de deux cents chevaliers, partirent pour le pays des longs hivers.

Il était d'usage que le héros qui se présentait devant la reine Barsel, avant de croiser le fer, levât la visière de son casque et ployât un genou.

Sigebert, car Gottfried n'osa pas se soumettre à l'épreuve, eut à peine satisfait à cet usage, que la Reine de Fer pâlit et rougit. Elle eut beaucoup de peine à cacher le trouble de son cœur. Sa main tremblait, et, dès le commencement du combat, son arme tomba de son bras, et elle dans les bras du vainqueur.

Grande fut la joie du peuple : car les sujets de la reine craignaient qu'elle ne voulût point se marier.

Le prince Sigebert, donnant la main à la princesse Barsel, fut conduit au château au milieu des cris de joie, et au son des trompettes et des cymbales. Arrivés dans la salle des chevaliers, la reine posa une couronne sur la tête du vainqueur, puis, lui présentant sa joue, elle lui dit :

« Mon seigneur et maître, votre servante, votre fiancée vous salue.

— Ma servante, soit, répondit le prince Sigebert; ma fiancée, jamais ! »

A ces mots il y eut dans la salle un cri général de frayeur. La vaisselle d'or tremblait sur ses plateaux... jusqu'aux murs qui craquaient d'épouvante.

« Jamais ! répétèrent mille échos lugubres.

— Sache, ô reine ! reprit Sigebert, que je suis marié à la plus belle, à la plus douce, à la plus vertueuse princesse qui ait jamais vécu. Rosemonde est son nom : le peuple l'appelle la Reine de Soie.

— Alors, pourquoi es-tu venu me combattre ? demanda la reine.

— Je suis venu pour conquérir Rosemonde. En te vainquant, j'ai dégagé ma parole que j'avais donnée au roi Gottfried que voici ; car il t'aime. Adieu, je vais rejoindre Rosemonde qui m'attend. »

Cela dit, il salua la reine et disparut.

« Hélas ! soupira la reine Barsel, je me suis laissé vaincre par ma rivale. Y eut-il jamais une douleur, y eut-il jamais une honte égale à la mienne ? »

Et elle jura de se venger.

Force lui fut pourtant d'accepter les conditions de Sigebert et de promettre sa main à Gottfried. Mais déjà son amour pour Sigebert s'était tourné en haine pour Rosemonde, et malheur à la femme que la Reine de Fer déclarait son ennemie !

Elle dit à Gottfried : « Je vous épouserai, car j'ai donné ma parole, mais je ne vous suivrai pas ; vous resterez dans mon pays.

— Nos deux pays, répondit Gottfried, n'en feront plus qu'un.

— Je ne souffrirai jamais dans mon royaume un homme qui puisse se vanter de m'avoir vaincue.

— Sigebert retournera avec Rosemonde chez ses parents, répondit Gottfried.

— Qu'il parte tout de suite ! s'écria Barsel.

— Il est déjà parti ! vous ne le verrez plus.

— Ah ! poursuivit Barsel, si vous voulez que je devienne votre femme, vous déclarerez la guerre à Sigebert. Il est venu dans votre pays de vive force, et vous a honteusement contraint de lui donner votre sœur. Je ne veux pas que le mari de la Reine de Fer ait à rougir devant son beau-frère. Faites-lui sentir la puissance de votre main ; à cette condition seule je vous donnerai la mienne.

— Illustre princesse, dit Gottfried, nul homme ne vous aime autant que moi. Pourquoi ne pas jouir du bonheur de la paix ? Pourquoi verser du sang ? Comment pouvez-vous vouloir que je déclare la guerre à mon ami, au mari de ma sœur, à l'homme auquel je dois le bonheur de devenir votre époux ?

— Vous ne le serez réellement qu'à cette condition, répondit Barsel. Pour le monde, nous nous marierons, car je ne manque pas à ma parole ;

mais dans notre château je vivrai comme j'ai vécu jusqu'à présent. Le jour seulement où vous marcherez contre Sigebert, je serai votre femme. »

Gottfried pensa que c'était un caprice de reine qui s'évanouirait aux premiers rayons de l'amour. Il redoubla de tendresse et de galanterie. On célébra la noce ; et plus d'un chevalier envia le sort du malheureux Gottfried, car la Reine de Fer était aussi belle que fière.

De tous les poisons, l'amour est le plus violent. Il creuse sans cesse, et tous les contre-poisons qu'on lui oppose ne servent qu'à fournir un élément de plus à sa brûlante voracité.

Plus Gottfried était tendre et suppliant, plus Barsel, de sa main de fer, le pliait à ses caprices. Ni prières, ni larmes, ni menaces surtout, ne purent rien sur elle. Son amour était le prix d'une déclaration de guerre à Sigebert.

Celui-ci, voyageant sur les ailes du bonheur, revit bientôt sa douce Rosemonde qui le reçut avec une joie ineffable. Elle ne se lassait pas de lui faire des questions sur la reine Barsel, sur sa force et sa beauté.

« Tu la verras bientôt, dit Sigebert, car j'espère qu'elle accompagnera Gottfried avant que nous re-

tournions chez mon père. Ne crains pas sa beauté,
car elle pâlirait à côté de la tienne, comme un soleil d'hiver à côté d'une belle matinée de prin-
temps, comme une orgueilleuse bruyère sans par-
fum à côté d'une fragrante rose de mai. Crains
plutôt son orgueil, sa jalousie, car je me demande
si je l'ai réellement vaincue.

— Oh! alors, dit Rosemonde, partons avant
qu'elle vienne ; elle me fait peur. Elle t'aime, mon
ami, tu ne l'as pas quittée si brusquement sans
cause. Elle t'aime! Je crains son amour bien plus
que sa haine...

— Oh! je te jure, ma Rosemonde, que Sigebert
mourrait plutôt que de devenir infidèle à l'élue de
son cœur, à celle qui est devenue la chair de sa
chair et l'âme de son âme! »

Il avait à peine prononcé ce serment qu'un hé-
raut de guerre vint lui annoncer que le roi Gottfried et la reine Barsel marchaient contre lui avec
plusieurs milliers de chevaliers.

Cette nouvelle le plongea dans une profonde
douleur.

D'une part, l'idée de combattre le frère de Rosemonde, le fils de sa belle-mère, le roi auquel il
avait prêté foi et hommage, l'ami pour lequel il

avait risqué sa vie, lui était odieuse. Elle était contraire à sa loyauté, à sa droiture, à toutes les lois
humaines et divines. Mais, d'autre part, la faiblesse,
la lâcheté de Gottfried révoltaient son âme.

« Que la volonté de Dieu soit faite! » dit Sigebert; et il ceignit son glaive, qui jusqu'alors lui
était resté fidèle. Il eut d'abord l'idée d'aller au-
devant de ses ennemis avec ses deux cents braves
compagnons de guerre. Mais, dès que la nouvelle
fut connue, tous les chevaliers de Gottfried, ré-
voltés de l'ingratitude et de la faiblesse de leur
maître, se crurent dégagés de leurs serments de
fidélité, et se rangèrent du côté de Sigebert qui,
malgré lui, fut proclamé roi à la place de Gottfried,
déclaré traître et félon, indigne de régner.

La bonne et douce Rosemonde essaya par une
lettre de prières de ramener son frère et sa belle-
sœur à des sentiments plus chrétiens : ce fut en
vain. On la voyait, à côté des mendiants, s'age-
nouiller sur les dalles froides de la cathédrale, et
offrir ses précieuses larmes à l'autel du Seigneur,
en le priant de lui conserver son mari et son
frère. Hélas! elle devait passer par bien d'autres
épreuves; et, pour être belle et reine, la femme
n'en est pas moins destinée à souffrir et à pleurer.

Qu'ils étaient amers et doux à la fois les adieux
de Sigebert et de Rosemonde! Les pierres du palais en eussent pleuré si elles avaient eu des
larmes. Sigebert s'arracha à la fin aux douces
étreintes de sa bien-aimée, en lui répétant son
serment que jamais une autre femme ne serait ni
sa maîtresse ni son épouse.

Bientôt les cris de guerre succédèrent aux cris
du cœur. La bataille s'engagea à cinquante lieues
de la capitale, et dès le premier choc Gottfried
fut tué par un de ses anciens chevaliers, qui avait
juré de laver la lâcheté de son roi dans le sang
du lâche.

Aussitôt après la mort de Gottfried, un guerrier,
fièrement campé sur son cheval bardé de fer, s'a-
vança, et, appelant Sigebert par son nom, il dit :

« Fier chevalier, je suis la Reine de Fer. Tu
t'es vanté de m'avoir vaincue. Viens donc, viens
donc, en présence de tes guerriers et des miens,
prouver que tu n'as pas menti. C'est moi qui te
provoque, et ne rêve pas cette fois la victoire,
car tu seras mon prisonnier, mon esclave, et jamais tes yeux ne rencontreront plus les yeux de
Rosemonde. »

Sigebert furieux partit comme un éclair; mais

sa lance, se brisant contre la cuirasse de la reine,
vola en éclats, et au même instant il sentit le froid
du fer sous l'aisselle droite. Il chancela, se pen-
cha en arrière, se remit, brandit son glaive. En
vain. D'un second coup la reine l'abattit : pour la
première fois de sa vie il était vaincu.

A peine fut-il désarçonné, que la reine, sautant
à terre, ordonna à ses gens de cesser le combat.
Elle se jeta sur le corps presque inanimé de Sigebert, l'appela par les noms les plus doux, et,
folle de douleur, le fit transporter dans sa tente.

Ce jour-là même elle envoya Raoul, son serviteur le plus dévoué, vers Rosemonde, chargé de
lui apporter une fiole de poison.

« Apprends-lui, dit-elle, que sa mort seule ra-
chètera la vie et la liberté de Sigebert; que pour
elle, si elle refuse, je saurai l'atteindre partout. »

Puis elle ajouta :

« Tu ne la quitteras que morte : ta vie est à ce
prix. »

Rosemonde, à cette nouvelle, prit la fiole des
mains du messager et dit :

« Ma vie appartient à Sigebert, je la lui donne
de bon cœur. »

Elle approchait déjà le poison de ses lèvres,

quand Raoul, touché de sa beauté, attendri de ce sublime dévouement, arrêta vivement son bras en s'écriant :

« Reine, il est vrai que j'ai ordre de ne vous quitter que morte; mais je mourrai plutôt moi-même que de voir la plus belle, la plus vertueuse créature de Dieu périr ainsi à la fleur de l'âge. D'ailleurs, je suis né dans cette ville, vous avez fait du bien à ma mère, et je bénis Dieu de pouvoir vous le rendre. Voici ce que je vous conseille : quittez ce palais et ces habits de reine; je vous cacherai dans un endroit où jamais homme ne pénétrera. Demain on annoncera au peuple votre mort; après-demain on célébrera publiquement vos funérailles. Je retournerai vers ma maîtresse pour lui apprendre cette nouvelle. Sigebert sera libre : s'il vous aime toujours, vous le reverrez; sinon, vous serez morte pour lui. »

Ce qui fut dit fut fait.

On enterra solennellement Rosemonde en présence du peuple et des grands de la cour. Jamais reine ne fut pleurée comme elle; on la croyait morte de douleur.

Elle, quittant le château et la ville, déguisée en servante, suivie seulement d'un vieux paysan

fidèle, arriva à l'endroit que Raoul lui avait in-
diqué.

Sigebert était guéri de ses blessures; mais son
cœur saignait comme si le fer de la reine Barsel
l'avait traversé de part en part. Il avait appris de
sa bouche la mort de sa chère Rosemonde, et il
s'était résigné à vivre pour se souvenir d'elle, disant qu'il était plus facile de mourir que de vivre
pour une femme.

Quoique prisonnier, et bien qu'il ne vît personne dans sa prison, car la reine Barsel lui ap-
portait elle-même ses repas dans une tourelle
communiquant par une porte secrète avec les ap-
partements du château, Sigebert restait sourd à
toutes les prières de sa châtelaine, qui ne cessait
de lui offrir la liberté et sa couronne en échange
de l'anneau nuptial.

« Ma vie, lui disait-il, est entre vos mains, vous
pouvez en disposer selon votre volonté; mais
mon cœur appartient à Rosemonde, morte ou vivante. »

Tant de résistance, même au prix des plus nobles biens de la terre, brisa à la fin la volonté de
fer de la reine. De temps en temps elle sentit, il
est vrai, des désirs de vengeance sourdre de son

cœur; un mot eût suffit pour éteindre la vie de Sigebert, mais ce mot en même temps eût éteint en elle la dernière lueur d'espérance.

« A quoi m'ont servi mes crimes? se disait-elle, puisqu'ils ne font qu'augmenter mon malheur, puisqu'à ses refus se joint le remords, ce *garde de nuit* de l'âme? »

Dans certains moments, elle eût tout donné pour pouvoir ressusciter l'ombre de Rosemonde, pauvre brebis qu'elle croyait avoir sacrifiée à son amour et dont le sang n'avait pu étancher l'ardente soif de son cœur.

Peu à peu elle devint triste et songeuse; le sommeil la fuyait, et, à la voir des journées entières plongée dans une douleur sombre et muette, on eût dit qu'elle avait perdu jusqu'à la parole.

Un jour elle dit brusquement à Raoul :

« Es-tu bien sûr de la mort de Rosemonde? »

A cette question, le pauvre vieillard pâlit, et, craignant la colère de la reine, il répondit :

« J'ai exécuté vos ordres.

— Ah! s'écria-t-elle, il est des moments où je te maudis de m'avoir si bien obéi; ce crime me pèse sur la conscience. A quoi m'a-t-il servi? Sigebert est plus amoureux de Rosemonde morte

que de Rosemonde vivante. Je lutterais peut-être
contre elle si elle était là en chair et en os; mais
contre une ombre chérie, je m'épuise en vains
efforts. »

Ces paroles réjouirent le cœur du brave Raoul.

« Reine, dit-il, vous aimez trop la solitude :
vous vous plongez dans vos sombres pensées, et
vous fuyez toute compagnie, tout entretien. Per-
mettez un conseil à votre serviteur le plus fidèle.
J'ai dans ma maison une jeune fille gaie, douce,
sage, spirituelle, d'une conversation si agréable
qu'il est impossible d'être triste en sa présence.
Moi aussi, depuis ce crime dont j'ai été complice,
je ne dormais plus, je ne vivais plus. Cette jeune
personne, ma parente, par ses sages paroles, a su
me rasséréner et a souvent dissipé mon chagrin
par sa douce gaieté; elle a un baume pour chaque
blessure, une consolation pour chaque douleur.
Voyez-la, je suis sûr que vous voudrez l'écouter;
écoutez-la, je suis sûr que vous voudrez la garder
auprès de vous.

— Amenez-la-moi, » dit la reine.

Et le vieux Raoul amena la reine Rosemonde à
la reine Barsel, qui la prit à son service, et qui,
au bout d'un mois, la chérissait comme une amie.

Bientôt Rosemonde devint la confidente des chagrins d'amour de sa rivale. A chaque nouveau refus de Sigebert, Barsel épanchait ses pleurs dans
le sein de son amie; et dans un de ces moments,
comme pour décharger son âme du fardeau qui
l'accablait, elle lui avoua le crime qu'elle croyait
avoir commis sur Rosemonde.

Malgré sa sagesse, la Reine de Soie ne put qu'à
grand'peine dissimuler son bonheur en apprenant
l'héroïque fidélité de son mari et les remords de
sa terrible ennemie; et ce bonheur, redoublant sa
gaieté et l'enjouement de son esprit, éclairait par
moments d'un rayon de joie l'humeur sombre de
Barsel.

« Chère maîtresse, lui dit-elle un jour, vous
êtes si belle et si bonne, qu'il m'est impossible de
croire qu'un homme puisse vous préférer une autre femme.

— Cela est pourtant, répondit la reine; Sigebert aime mieux mourir prisonnier que mari de
Barsel.

— Lui avez-vous parlé de Rosemonde?

— Jamais; ce serait la lui rappeler.

— Moi, à votre place, dit Rosemonde, je lui en
parlerais pendant des heures entières : je lui arra-

cherais le secret que possédait cette princesse pour se faire aimer avec une si rare constance. Je suis sûre qu'elle savait causer, qu'elle trouvait les mots les plus doux pour son bien-aimé, qu'elle ne le laissait jamais bouder, même quand il avait tort; qu'elle n'opposait à ses accès d'humeur qu'un fin sourire ou une repartie malicieuse, pour lui montrer le ridicule de ses airs sévères; qu'elle prenait une part sincère à tous ses chagrins, chagrins dont elle effaçait toujours les traces par ses larmes, et qu'elle savait sérieusement apprécier et mettre en lumière ses nobles qualités. Voyez-vous, poursuivit elle en prenant la main de la reine, ce n'est pas avec une main de fer qu'on peut conduire un homme, mais avec une main de soie.

— Tu as peut-être raison, soupira Barsel.

— Hélas! oui, dit Rosemonde, les hommes ont plus d'orgueil que d'affection; ils n'aiment que la femme qui a besoin de leur appui. Plus une femme s'efface, plus l'homme se sacrifie pour elle; il s'attache par le bien qu'il fait, plus que par celui qu'il reçoit. Vous êtes forte, faites-vous faible; vous lui offrez, demandez-lui plutôt. On vous appelle *Reine de Fer*, faites-vous *Reine de Soie*, et vous serez aimée.

6

— Chère amie, s'écria Barsel, que mon sort serait heureux si je t'avais connue plus tôt ! Maintenant tes conseils viennent trop tard. Pour me faire
admirer des hommes, j'ai cru nécessaire de m'ap-
proprier leur vertu, leur énergie, leur force. Ils
m'admirent en effet, mais ils ne m'aiment pas.
Écoute ce que j'ai résolu : dorénavant, Sigebert
viendra s'asseoir à notre table; tu lui parleras de
Rosemonde, car tu parles mieux que moi, ta voix
mélodieuse s'infiltre dans l'âme comme la rosée
dans la fleur. Peut-être lui rendras-tu sa gaieté,
peut-être me rendra-t-il le bonheur.

— Et si je ne réussis pas? demanda Rosemonde.

— Alors je lui rendrai sa liberté, et moi j'irai
finir mes jours dans un couvent. »

Rosemonde se repentit presque de son conseil.

« Qui sait, se dit-elle, son cœur ne s'est amolli
que sous l'étreinte du remords... Qu'elle apprenne
que j'existe, et ce même cœur se rendurcira de
nouveau. »

Mais il était trop tard ; la volonté de la Reine de
Fer était immuable.

Le jour même Sigebert fut invité à la table
royale. Il arriva triste et abattu comme toujours,

et s'assit à côté de la reine, tournant le dos à la porte par où devait entrer Rosemonde.

Celle-ci, vêtue de sa robe de noce, qu'elle avait soigneusement cachée, se tenait tremblante et pâle sur le seuil.

« Mon beau chevalier, dit la reine à Sigebert, vous pensez donc toujours à cette pauvre Rose-monde? Que ne puis-je la rappeler à la vie! à ce prix, je donnerais la mienne. »

Touché de ce repentir, Sigebert baisa la main de Barsel et lui dit :

« Reine, cette parole me fait voir que, sous une enveloppe de fer, vous avez une belle âme. Merci. Ah ! si ma Rosemonde vivait et qu'elle vous entendît, elle vous aimerait comme une sœur.

— Elle vit ! elle vous entend ! elle vous aime ! » s'écria Rosemonde.

A cette voix, dont l'accent vibrait dans son cœur, Sigebert éperdu s'élança vers elle et la serra dans ses bras, ivre de joie et de bonheur.

La reine s'était évanouie.

Lorsqu'elle reprit ses sens, elle vit à ses genoux Sigebert et Rosemonde qui couvraient ses mains de baisers.

« Mes amis, dit-elle, attendrie elle-même jusqu'aux larmes; vous m'avez rendu mon repos, mon bonheur, mon âme ; vous m'avez réconciliée avec moi-même. Rosemonde, toi que j'ai tant fait souffrir, dorénavant je serai ta servante, je vous cède mon royaume, je vous accompagne, et ne vous demande que votre amitié et vos prières sur ma tombe. »

D'aucuns prétendent toutefois que la reine Barsel, suivant les conseils de Rosemonde, se laissa consoler par un prince, ami de Sigebert, qu'elle épousa au milieu des réjouissances de son peuple, et auquel elle donna une nombreuse lignée.

FIN DE LA REINE DE FER ET DE LA REINE DE SOIE.

LE PRINCE D'OR

ET

LA PRINCESSE DE DIAMANT

LE PRINCE D'OR

ET

LA PRINCESSE DE DIAMANT

Dans le pays des pierreries, il y avait une fois un roi qui possédait tant de diamants, qu'il n'eût eu qu'à écrémer son trésor de ses deux mains pour trouver de quoi acheter trois fois la France et l'Allemagne.

Ce roi chérissait la reine plus que tous ses biens. Rien, en vérité, n'égalait sa beauté et sa sagesse. Mais, une esclave sorcière lui ayant jeté un mauvais œil, elle mourut en couches, après avoir mis au monde une princesse qui lui ressemblait.

Grande, immense fut la douleur du roi. Rien ne

pouvait le consoler. Pendant une année, sa cour
était plongée dans une profonde tristesse, et de
son palais il ne sortait que des gémissements et
des sanglots. Il ne commençait à se consoler un
peu que lorsque la jeune princesse lui faisait ses
premières risettes, car ses sourires lui rappelaient
la reine et lui promettaient une fille aussi parfaite
que la mère.

Dès lors il jura que personne, dans son royaume,
grands et petits, n'aurait d'autre volonté que celle
de sa fille ; qu'elle seule régnerait en souveraine,
et que le moindre de ses gestes serait un ordre
pour lui-même.

C'est dans ces principes que fut élevée cette
bienheureuse enfant, et, comme elle embellissait
tous les jours et que sa beauté devint éclatante
comme une pierre fine, on l'appela la *princesse de
Diamant*.

Pendant l'enfance de la princesse, il n'y avait
pas, dans tout le royaume, un mortel humain, pas
même son père, qui eût osé lui faire une observation. Aucun homme, fût-il noble ou vilain, libre
ou esclave, ne s'approcha d'elle sans courber la
tête jusqu'à terre. Elle conçut donc de bonne heure
un mépris profond pour tous les hommes. Et,

comme elle imitait très-bien leurs jeux, comme
son coursier fendait l'espace avec la rapidité d'un
chamois, comme elle savait lancer le javelot et
tendre son arc à l'égal d'un guerrier consommé,
elle se demandait tous les jours à quoi servaient
les hommes et pourquoi ils avaient de la barbe au
menton.

Elle avait à peine quatorze ans que de toutes les
extrémités du monde arrivaient des princes pour
la demander en mariage.

Ces princes, comme tous les autres, mettaient
un genou à terre en s'approchant d'elle et bri-
guaient l'honneur de devenir ses esclaves. Or elle
ne manquait pas d'esclaves très-fidèles et très-
beaux, et quant à la fortune, elle avait de quoi les
enrichir selon son bon plaisir.

Aussi ne répondait-elle à toutes ces demandes
que par un petit sourire qui lui était propre et qui
montrait ses belles dents blanches et serrées. Le
prétendant ainsi reçu savait à quoi s'en tenir et
retournait, le désespoir au cœur, dans son pays,
non sans avoir fait une dernière démarche auprès
du roi, qui répétait toujours sa formule sacramen-
telle : « Dans mon royaume il n'y a qu'une volonté, celle de ma fille ! »

Parmi ces prétendants, il y avait un beau jeune homme qu'on appelait le *prince d'Or*, parce qu'il venait du pays où l'on trouve de l'or en abondance.

Ce prince avait cela de commun avec la princesse, qu'ayant perdu de bonne heure son père, sa mère inconsolable avait fait serment de ne jamais se remarier et de respecter en tout la volonté de son fils unique.

Il avait atteint l'âge de dix-huit ans, et déjà des pays les plus éloignés arrivaient des messagers richement habillés et chargés de cadeaux pour lui offrir les filles de leurs empereurs et maîtres. Mais le prince d'Or, ayant entendu parler de la princesse de Diamant, les renvoya tous, non sans leur avoir fait de riches présents, et déclara à sa mère qu'il irait lui-même se mettre en route pour demander et obtenir la main de la belle princesse qu'il chérissait sans l'avoir vue.

Jamais cortége royal ne fut aussi brillant que le sien. Tous les seigneurs, ses vassaux et vavassaux, portaient des habits chamarrés d'or. Les selles et les caparaçons de leurs coursiers étaient couverts de velours brodé d'or massif, jusqu'aux varlets, trois cents en nombre, qui portaient des pour-

points galonnés d'argent. Quant au prince, il ruis-
selait de pierreries et de diamants. On l'eût pris
pour un dieu chevauchant avec des soleils d'or et
des lunes d'argent sur une montagne de brillants,
car son coursier en était couvert.

A son approche de la capitale, tous les habitants,
grands et petits, riches et pauvres, allèrent à sa
rencontre en poussant des cris de joie et d'admiration. Il était si beau à voir, qu'il éclipsait non-
seulement ses compagnons de voyage, mais encore
tous les seigneurs de la cour de la princesse.

Toutes les femmes, toutes les jeunes filles qui le
regardaient à la dérobée de dessous leurs voiles,
s'écriaient : « Celui-là sera notre roi ! »

Les préparatifs des fêtes pour recevoir dignement le prince d'Or furent dirigés par le roi lui-
même, qui désirait cette union ; mais le prince,
impatient de voir sa bien-aimée princesse, refusa
les fêtes et ne demanda pour toute grâce qu'une
entrevue avec elle pour lui répéter tout ce que son
cœur lui avait dit et redit à lui-même.

Le roi, se rendant auprès de sa fille, après l'a-
voir saluée, lui demanda si elle daignait recevoir
incontinent ce prince sans égal.

Elle répondit gracieusement qu'elle le recevrait quand il le voudrait.

Réjoui de cette réponse, le roi la transmit lui-même au prince, qui vola aux genoux de sa belle.

« O princesse non pareille! s'écria-t-il, déesse descendue du ciel, astre lumineux, toi qui donnes la lumière et la vie à tout ce qui t'entoure, daigne écouter la voix d'un prince ton esclave, qui ne se sent un cœur que depuis qu'il bat pour toi. Ordonne, dis, parle! »

Mais la princesse, au lieu de répondre, se mit à sourire. Ce fut le signal d'un refus. Une seconde après, elle avait disparu.

Qui l'eût dit? le roi, en apprenant cette nouvelle, eut une syncope. Les seigneurs de la cour firent semblant d'être tristes, mais au fond de leur âme ils riaient et se réjouissaient de la mésaventure du beau prince d'Or. Celui-ci, furieux et sans faire ses adieux à personne, ordonna à ses gens de monter à cheval et jura de se venger.

Pendant son retour, il roula mille projets dans sa tête, sans toutefois prononcer une parole. Enfin, au bout de vingt-quatre heures de réflexion, et comme il était aussi fier que beau, il s'écria à part lui : « Non, elle est indigne de moi. Ce n'est pas

une princesse. Elle n'a point de sang royal dans les
veines. Elle a moins d'esprit qu'une servante.
Comment aurait elle pu rester sourde à tant de
belles paroles que je lui ai adressées? Oh! elle mé-
riterait de devenir la femme d'un bûcheron! »

Il avait à peine prononcé ces paroles, qu'il aper-
çut à gauche de son chemin, dans un bois, un jeune
bûcheron qui venait d'abattre un arbre.

« Il me vient une idée de vengeance, s'écria-t-il.
Si je pouvais l'avilir, si, pour dévorer mon affront,
je parvenais à lui faire épouser ce manant, ce vilain, ce bûcheron! »

A l'instant il ordonna à un de ses varlets de faire
avancer cet homme.

Ce malheureux tremblait de tous ses membres,
il croyait sa dernière heure venue pour avoir coupé
un arbre.

« Veux-tu épouser une princesse? » lui demanda
le prince.

A cette question, le jeune paysan dressa ses
oreilles comme un âne quand il voit un feu follet.

« Je te demande si tu veux épouser une princesse, répéta le prince.

— Sire, répondit le bûcheron, ma vie est entre
vos mains : vous pouvez en disposer.

7

TABLE

OUVRAGES DU MÊME AUTEUR

PARIS. — IMP. SIMON RAÇON ET COMP., RUE D'ERFURTH, 1.